Lilly Redheart

Erotische Geschichten 2

Lilly Redheart

Erotische Geschichten 2

Noch mehr heiße Sexstorys

Nur für Erwachsene

Bibliografische Information der Deutschen Nationalbibliothek: Die Deutsche Nationalbibliothek verzeichnet diese Publikation in der Deutschen Nationalbibliografie: Detaillierte bibliografische Daten sind im Internet über dnb.dnb.de abrufbar.

Lilly Redheart:
Erotische Geschichten 2 – Noch mehr heiße Sexstorys
© 2021 Lilly Redheart
Titelfoto: pixabay.com
Herstellung und Verlag:
BoD - Books on Demand, Norderstedt
ISBN: 978-3-7543-3217-7

Inhalt

Partnertausch auf Mallorca

„Haben wir jetzt alles eingepackt?" Kevin stand vor seinem Koffer und war unsicher, ob er alles in ihn hineingelegt hatte, was er im Urlaub brauchen würde, oder ob noch etwas fehlte.

„Ich denke schon", antwortete Mandy, seine Freundin. „Also ich zumindest hab alles: Röcke, Hosen, Shirts, Bikini, Sonnencréme, Bücher zum Lesen am Strand, ach ja, und natürlich hab ich auch meine Zahnbürste eingepackt, solche Kleinigkeiten vergisst man ja besonders gern!"

„Was ja aber nicht so schlimm wäre, es gibt auf Mallorca schließlich Läden. Wir könnten uns dort also problemlos eine Ersatzzahnbürste kaufen", lachte Kevin.

Das junge Pärchen war aufgeregt. Kevin war 22, Mandy 21, beide befanden sich in der Ausbildung und verdienten noch nicht viel Geld. Umso länger hatten sie für ihren ersten gemeinsamen Urlaub sparen müssen. Jetzt hatten sie das nötige Geld endlich zusammen und es konnte losgehen.

Die Zwei wohnten seit einem halben Jahr gemeinsam in einer kleinen Zwei-Zimmer-Wohnung. Sie hatten sich vor knapp einem Jahr in einer Disco kennengelernt und sofort ineinander verliebt. Kevin hatte vom ersten Moment an ein Auge auf die braunhaarige Schönheit mit den großen Augen und den langen Wimpern geworfen. Mandy war das nicht entgangen. Sie fand es toll, dass Kevin sich neben ihr an den Bar-Tresen gesetzt und sie angesprochen hatte. Schnell waren die beiden ins Gespräch gekommen. Danach hatten sie gemeinsam ein paar Runden abgetanzt und als jeder von ihnen nach Hause fahren wollte, da hatten sie die Handynummern ausgetauscht, um in Kontakt zu bleiben. Sie trafen sich wieder – mal in der Disco, mal in der Kneipe und recht bald bei Mandy und Kevin zu Hause. Und sie verstanden sich prächtig. Kevin stand total auf Mandy und auch Mandy stand auf Kevin, den großen, jungen Kerl mit den kurzen, blonden Haaren.

Und nun wollten sie also das erste Mal zusammen in den Urlaub fliegen. Kevin hatte im Internet ei günstiges Last-Minute-Angebot entdeckt. Er hatte sich kurz mit Mandy abgesprochen, beide hatten geschaut, wieviel Geld sie hatten und dann hatten sie ihre Kröten zusammengeschmissen und den Urlaub via Vorkasse bezahlt. Mehr als dieses Last-Minute-Angebot hätten sie sich nicht leisten können, aber das, was sie da gebucht hatten, klang ausgesprochen gut: Drei-Sterne-Hotel mit Frühstück und Abendbuffet, direkt am Meer gelegen. Zwar kein Zimmer mit Meerblick, aber das störte weder

Kevin noch Mandy.

Die beiden wussten allerdings: Viel mehr als das, was sie da gebucht hatten, würde vor Ort nicht drin sein. Also nicht mittags gut in irgendwelchen Lokalen essen oder nachmittags ein Eis oder abends einen Cocktail. Das Geld des jungen Paares war verdammt knapp, deshalb würden sie sich auf das allernötigste beschränken müssen. Schade eigentlich...

Mandy und Kevin klappten ihre Kofferdeckel zu und ließen die Schlösser zuschnappen. „So, der Urlaub kann beginnen", sagte Kevin und schaute auf die Uhr. „Eine Viertelstunde noch, dann fährt der Bus zum Flughafen. Lass uns am besten jetzt schon zur Bushaltestelle runtergehen!"

„Okay, na dann mal raus aus der Wohnung. Tschüß, Lieblingscouch, bis in einer Woche, dann sind wir wieder zurück!", rief Mandy ihrem Sofa zu.

Die Zwei verließen die Wohnung, gingen zum Fahrstuhl, stiegen ein und fuhren vom fünften Stock, in welchem sie wohnten, runter ins Erdgeschoss. Draußen regnete es, weshalb sie sich unter das Dach der Bushaltestelle stellten.

„Typisch deutsches Mistwetter!", schimpfte Kevin.

„In ein paar Stunden haben wir Sonnenschein und 30 Grad!", versuchte Mandy ihn auf andere Gedanken zu bringen.

Als der Bus vorfuhr und die beiden einstiegen, mussten sie weit nach hinten durchgehen, bis sie zwei freie Sitzplätze fanden. Sie stellten ihre Koffer im Gang ab und hofften, dass an den nächsten Haltestellen möglichst wenig Leute ein- oder aussteigen würden.

„Ist schon blöd mit so großen Koffern, die stehen im Bus immer im Weg!", sagte mit einem Mal der Mann in der Sitzreihe auf der anderen Seite des Ganges. „Aber wie ihr seht: Wir haben auch Koffer dabei und sie stehen genauso im Weg wie eure. Ihr befindet euch also in bester Gesellschaft! Wollt ihr auch in den Urlaub fliegen?"

„Ja, wir haben eine Woche Mallorca gebucht", sagte Kevin.

„Oh, das ist ja Zufall", sagte der andere Mann, der deutlich älter als Kevin war. „Meine Frau und ich fliegen da auch hin!" Der Mann zeigte auf die Frau neben sich. Beide schienen knapp 50 zu sein. „Mein Name ist übrigens Manfred und meine Frau heißt Ursula", sagte er zu Kevin und Mandy.

„Freut mich! Ich heiße Kevin und das ist meine Freundin Mandy!"

„Na, ihr seid aber noch sehr jung, ihr beiden. Euer erster gemeinsamer Urlaub?", fragte Ursula.

„Ja, wir haben lange dafür gespart und jetzt können wir es uns endlich leisten. Aber nur eine Woche. Mehr ist nicht drin. Wir sind beide noch in der Ausbildung", antwortete Mandy.

„So, was lernt ihr denn für Berufe?", wollte Manfred wissen.

„Also ich lerne Schlosser", sagte Kevin, „und Mandy macht eine Ausbildung zur Zahnarzthelferin."

„Ah, etwas Medizinisches", rief Ursula, „das ist bei mir ähnlich. Ich bin nämlich Krankenschwester."

„Und du, Manfred, was machst du?", fragte Kevin.

„Ich bin Industriekaufmann. Ihr seid nur eine Woche da? Tröstet euch: Als wir so jung waren wie ihr, konnten wir uns auch keine längeren Urlaube leisten. Jetzt bin ich 49 und Ursula ist 47 und wir können drei Wochen Urlaub machen."

„Ihr habt's gut", seufzte Mandy.

„Sieh's positiv, Mädchen: Wenn ihr so alt seid wie wir, werdet ihr euch auch drei Wochen Mallorca leisten können!"

„Aber das ist noch so lange hin..."

„Ihr habt ja immerhin diese eine Woche. Die könnt ihr ja ausgiebig genießen. Außerdem fliegen wir ja auch hin – vielleicht können wir euch den einen oder anderen Cocktail spendieren!", sagte Manfred.

„Oder wir laden euch mal mittags in ein Restaurant ein!", ergänzte Ursula.

„Echt, das würdet ihr tun?", fragte Mandy.

„Vielleicht", sagte Ursula.

Mandy war unsicher, was Ursula mit dem „Vielleicht"

meinte. Was denn nun? Ja oder nein? Ein „Ja" wäre eine klare Antwort gewesen, ein „Nein" auch. Aber „vielleicht"? Wieso sagte sie „Vielleicht"? Wusste Ursula es noch nicht? War sie sich noch nicht sicher, ob sie die beiden einladen würde oder nicht?

Mandy beschloss, nicht weiter über diese Frage nachzudenken. Vor allem wollte sie nicht nachfragen, das hätte sie dann nämlich doch etwas aufdringlich gefunden – so nach dem Motto: „Was denn nun? Nun sag doch schon Ja! Wir haben so wenig Geld, dass wir jetzt unbedingt ein Ja! hören wollen!" Nein, so plump und dreist wollte Mandy nicht sein.

Der Bus erreichte den Flughafen. Draußen regnete es noch immer.

„Denkt dran, ihr Zwei, in ein paar Stunden habt ihr Sonne, Strand und Meer!", lachte Ursula die beiden an.

„Genau, dann müsst ihr nicht mehr an dieses blöde Regenwetter denken!", sagte Manfred.

„Na, dann wollen wir jetzt mal zusehen, dass wir möglichst schnell durch die Abfertigungsanlage durchkommen", hoffte Kevin, dass sich die Prozedur in der Flughafenhalle nicht unnötig lang hinziehen würde.

„Also bei mir müsste es schnell gehen", grinste Mandy, „ich hab weder Drogen noch eine Pistole noch ein Messer oder sonst irgendetwas Verbotenes im Gepäck!"

„Du Scherzkeks", lachte Kevin, „ich natürlich auch nicht. Und ihr, Ursula und Manfred, alles clean bei euch in den Koffern?"

„Na klar! Wir sind anständige Menschen, wir tun nichts Verbotenes. Wir sind doch anständig, oder, Ursula?"

„Ja sicher sind wir anständige Leute. Also, ich meine, nahezu anständig zumindest..."

„Genau", lachte Manfred, „nahezu zumindest!"

Kevin und Mandy wussten nicht, was das ältere Paar mit diesen Worten meinte. Sollte wohl einfach nur irgendwie lustig klingen und hatte wahrscheinlich keine weitere Bedeutung, sagten sich die Zwei.

Es ging zum Glück tatsächlich schnell an der Kontrolle. Pässe vorzeigen, ab durch die Sicherheits-Schleuse, kurze Röntgen-Kontrolle – alles in Ordnung bei Mandy und Kevin.

Und offensichtlich auch bei Ursula und Manfred, die beiden durften nämlich ebenso schnell weitergehen wie die zwei jungen Leute.

Der Zufall wollte es, dass Mandy und Kevin auch im Flugzeug neben Ursula und Manfred saßen. Mandy und Kevin saßen in Reihe 14 am rechten Fenster, Ursula und Manfred in Reihe 14 am linken Fenster. Die beiden Paare trennte nur der Mittelgang.

Der Flieger hob ab und die angehenden Urlauber

ließen Deutschland und damit auch das Regenwetter hinter sich.

„Urlaub, wir kommen!", rief Manfred.

Ursula sagte: „Oh ja, endlich Sonne, Strand, Meer und ganz viel Entspannung!"

„Und hoffentlich ein bisschen Abenteuer!", grinste Manfred.

„Ja, hoffentlich!", grinste auch Ursula.

Da fragte mit einem Mal Kevin das, was Mandy sich im Bus nicht zu fragen getraut hatte: „Sagt mal, ihr Zwei, ihr habt im Bus gesagt, dass ihr uns auf Mallorca eventuell auf ein paar Cocktails oder zum Mittagessen einladen würdet. Habt ihr das wirklich ernst gemeint?"

„Na klar, warum denn nicht?", sagte Manfred.

„Na ja, ich dachte nur... also... wir kennen uns ja eigentlich gar nicht. Deshalb wundert es mich schon ein bisschen, dass ihr uns gleich zu Beginn sagt, dass ihr uns vielleicht einladen wollt."

„Och, wir lernen uns schon noch näher kennen", grinste Ursula.

„Genau", sagte Manfred.

„Ihr wollt uns also wirklich einfach so einladen?", traute sich jetzt auch Mandy näher nachzufragen.

„Na ja, ihr könntet uns dafür natürlich eine kleine Gegenleistung zukommen lassen", sagte Manfred.

„Eine Gegenleistung? Was denn für eine Gegenleistung?", fragte Mandy.

Da lüftete Ursula das Geheimnis: „Wisst ihr, ihr Zwei, das ist so: Der Manfred und ich, wir hoffen im Urlaub immer auf das eine oder andere kleine Abenteuer."

„Abenteuer? Was für ein Abenteuer?", wollte Kevin wissen.

Ursula fuhr fort: „Der Manfred und ich, wir lieben uns heiß und innig. Also in jedweder Hinsicht. Vom Gefühl her, aber auch körperlich, wenn ihr versteht, was ich meine."

„Ihr meint, dass ihr auch intensiven..." Mehr traute sich Mandy nicht auszusprechen.

„Du kannst es ruhig offen sagen: dass wir auch intensiven Sex haben, genau", sagte Ursula und fuhr fort: „Ja, wir sind zwar bereits beide Ende 40, aber das mindert unsere sexuelle Lust keineswegs. Im Gegenteil: Wir sind inzwischen so weit, dass wir unser Liebesspiel gern ein bisschen erweitern."

„Erweitern? Wie denn erweitern?", wollte Mandy wissen.

Da antwortete ihr Ursula: „Wir nehmen gern mal ein anderes Pärchen dazu. Am liebsten deutlich jüngere Paare. Und im Urlaub bietet sich da meist eine gute Gelegenheit."

Mandy und Kevin saßen mit offenen Mündern da.

„Ihr meint...", stammelte Kevin.

„Ja, wir meinen!", lachte Manfred und erklärte es den beiden: „Also was Ursula sagen will, ist: Sie und ich, wir könnten uns gut vorstellen, euch beide in unser Liebesspiel mit einzubinden. Wenn ihr dazu bereit wäret, dann geben wir euch zum Dank gern den einen oder anderen Cocktail aus oder gehen mit euch schick zu Mittag essen und zahlen die Rechnung."

Kevin und Mandy sahen einander erstaunt an. Dann sagte Kevin zu Manfred und Ursula: „Ihr wollt, dass wir mit euch zusammen Sex haben?"

„Ja, das wollen wir", sagte Manfred völlig unverblümt.

Kevin sah Mandy an und fragte sie: „Hast du das gehört? Ich geb zu, jetzt bin ich gerade etwas platt. Du auch?"

„Allerdings!", sagte Mandy. „Ich rechne ja im Urlaub mit vielem, aber dass uns ein Pärchen Ende 40 fragt, ob wir Sex mit ihnen haben wollen, damit hätte ich nie im Leben gerechnet. Ich weiß nicht, was ich davon halten soll."

„Ich auch nicht. Aber die Vorstellung, Essen und Cocktails spendiert zu bekommen, ist schon eine gute. So leer wie unsere Geldbeutel sind, wäre das natürlich eine tolle Sache."

„Ihr könnt es euch ja während des Fluges in aller Ruhe überlegen", sagte Manfred, dann griff er nach seiner Zeitung und fing zu lesen an.

„Genau! Denkt in Ruhe drüber nach!", sagte Ursula und nahm ihr Buch zur Hand. Auch sie begann zu lesen.

So kam es, dass Kevin und Mandy den gesamten Flug

über intensiv nachdachten. Darüber, ob sie Sex mit diesen beiden deutlich älteren Leuten haben wollten. Sie grübelten angestrengt und ab und zu flüsterten sie sich etwas zu. Kurz bevor der Flieger landete, sagte Kevin zu Manfred und Ursula: „Also, wir haben uns während des Fluges mit eurem Angebot beschäftigt und sind zu dem Entschluss gekommen, dass wir es annehmen werden. Nicht, weil wir jetzt megaheiß darauf sind, mit anderen Leuten Sex zu haben, aber was tut man nicht alles für Essen und Cocktails!"

„Seid unbesorgt, ihr werdet es nicht bereuen! Ihr habt eine gute Entscheidung getroffen!", lächelte Manfred das junge Pärchen an.

Auch Ursula lächelte: „Da hat mein Mann recht. Ich bin sicher, es wird euch genauso gut gefallen wie uns!"

Im Hotel angekommen, packten Kevin und Mandy als Erstes ihre Koffer aus. Dabei unterhielten sie sich über das, worauf sie sich da gerade eingelassen hatten. Mandy sagte: „Also, ich weiß nicht ob das wirklich gut ist, in was wir da eben eingewilligt haben..."

„Ach Mandy, das weiß ich natürlich auch nicht. Aber andererseits: Denk an die Cocktails und das Essen! Und ganz ehrlich: Manfred und Ursula sind zwar mehr als doppelt so alt wie wir, aber immerhin sehen sie noch ganz gut aus."

„Ja, das stimmt. Er hat zwar schon einige graue Haare

auf dem Kopf, ist aber immerhin schlank und nicht so ein Bierbauchtyp wie viele Männer in seinem Alter es sind."

„Und sie wirkt auch recht gepflegt. Lange rötliche Haare, okay vielleicht sind sie gefärbt, und schlank ist sie ebenfalls. Außerdem haben die beiden anständige Klamotten an. Also ungepflegt sind sie auf keinen Fall."

„Was ist, Kevin, wollen wir runter zum Pool und baden gehen?"

„Also ich hätte Lust. Warte, ich ziehe mir eben meine Badehose an und dann kann es losgehen."

„Keine Hektik, ich muss mir ja auch erst noch meinen Bikini überstreifen!"

Kevin und Mandy waren kaum in den Pool gestiegen, da kamen auch Manfred und Ursula in Badeklamotten angelaufen und begaben sich ins Wasser.

„Ach, ihr seid ja auch schon am Baden!", freute sich Ursula, die jungen Leute dort anzutreffen.

Und Manfred sagte: „Ich liebe es, im Pool zu baden. Schön, dass ihr beiden auch da seid!"

Die Vier schwammen aufeinander zu und unterhielten sich kurz über ihre Zimmer. Alle waren sich einig, dass es sehr schöne Zimmer waren, die das Hotel bot. Es folgte ein bisschen allgemeiner Small-Talk im Wasser, bevor Manfred hinüber zum linken Beckenrand schwamm und Mandy aufforderte, ihm doch bitte dorthin zu folgen, dann könnten sie sich dort weiter unterhalten.

Ursula und Kevin schwammen derweil in die entgegengesetzte Richtung: Sie begaben sich zum rechten Poolrand und setzten ihren Talk dort fort.

Ursula war sofort aufgefallen, dass Kevin eine weite Bade-Shorts trug. Während sie sich angeregt mit Kevin unterhielt, fing sie mit einem Mal an, ihm ganz ungeniert mit der rechten Hand in die Hose zu greifen. Sie tastete Kevins Schwanz ab und stellte fest: „Mann oh Mann, mein Lieber, du bist aber verdammt gut bestückt dort unten."

Kevin musste lachen. Na klar wusste er, dass er einen anständigen Penis hatte und dass auch seine Eier alles andere als klein waren. Aber dass ihm das ausgerechnet eine 47 Jahre alte Frau sagte, das empfand er dann doch als irgendwie komisch. Er war immerhin gerade erst 22, Ursula hätte vom Alter her also glatt seine Mutter sein können. Aber das war sie zum Glück nicht!

„Ich kann mich nicht beklagen über das, was ich dort unten in der Hose habe", grinste Kevin und sagte: „Mandy freut's!"

„Nicht nur Mandy", lachte Ursula und fing an, an Kevins Schwanz und seinen Eiern herumzukneten.

Die Reaktion darauf folgte prompt: Kevin spürte, wie sich Erregung in ihm ausbreitete – und vor allem spürte er, wie sein bestes Stück in den Händen der End-

Vierzigerin zu wachsen begann.

Ganz ähnlich lief es am anderen Beckenrand ab. Dort hatte Manfred damit begonnen, der jungen Mandy, während er sich mit ihr unterhielt, von hinten an den Hintern zu fassen und ihr zärtlich die Po-Backen zu streicheln. Mandy ließ es geschehen und sie merkte schnell, dass es sie erregte, dass dieser Fast-Fünfziger sie an ihrem Arsch berührte.

„Was ist, möchtest du nicht ein bisschen an meinem Schwanz spielen?", fragte sie Manfred ganz direkt. Auch er trug eine Bade-Shorts, allerdings war diese nicht ganz so weit geschnitten wie die von Kevin. Mandy schaute ins Wasser und sah, dass sich Manfreds Shorts bereits nach vorn auszubeulen begann.

„Na gut", sagte sie, „wenn du meinst, kann ich ihn dir ja mal ein bisschen wichsen", sagte Mandy und wirkte dabei zuerst noch etwas unsicher. Doch kaum hatte sie ihre Hand in Manfreds Hose geschoben, verflog die Unsicherheit auch schon. „Wow, Manfred, du hast aber einen strammen Lümmel!", rief sie und fing an, Manfreds bestes Stück mit ihrer Hand zu wichsen.

Genau das tat inzwischen auch Ursula am anderen Ende des Pools bei Kevin. Heftig rieb sie dessen Schwanz und beobachtete, wie der junge Mann, der alterstechnisch ihr Sohn hätte sein können, es genoss.

So wie Kevin es am rechten Beckenrand genoss, so genoss Manfred es am linken Rand des Pools. Den

Schwanz von einer Frau gewichst zu bekommen, welcher Mann mochte so etwas schließlich nicht!? Außerdem war es ja etwas Besonderes: Zum einen war es nicht die eigene Partnerin, sondern jeweils die andere Frau dieses alt-jungen Vierer-Teams, die hier dem Mann den Schwanz wichste, und zum anderen war es mitten im Hotel-Pool, in dem noch zahlreiche andere Hotel-Gäste badeten. Kevin fand es geil, dass eine fast 50-jährige Frau ihm, dem Anfang-Zwanziger, seinen Schwanz wichste, und Manfred genoss es, dass eine gerade mal 21-jährige junge Dame ihm, dem Beinahe-Fünfziger, den Kolben rieb.

Es dauerte nicht lange, und die beiden Männer erlebten jeder einen herrlichen Samenerguss. Ihr Samen verteilte sich in der Bade-Shorts und gelangte von dort mitten hinein in den Pool. Es war ein geiles Gefühl, inmitten anderer Hotel-Gäste von fremden Partnerinnen einen runtergeholt zu bekommen!

Die Vier schwammen, nachdem die beiden Männer ihren ersten Orgasmus erlebt hatten, aufeinander zu. Sie trafen sich in der Mitte des Pools und beschlossen, hoch aufs Zimmer von Manfred und Ursula zu gehen. Nachdem die beiden Männer gerade so schön gekommen waren, war es an der Zeit, dass nun auch die zwei Frauen einen geilen Höhepunkt beschert bekommen sollten.

Manfred war schon im Fahrstuhl nach oben zum Zimmer klar, wie er die junge Mandy beglücken wollte: Er hatte ihr im Pool so intensiv den Po gestreichelt und dessen Rundungen hatten ihm so gut gefallen, dass für ihn feststand: Er wollte Mandy anal verwöhnen. Oder anders ausgedrückt: Er war geil darauf, ihr in den Arsch zu ficken.

Oben auf dem Zimmer angekommen, zogen sich die Vier komplett aus, und Manfred knetete zunächst lustvoll Mandys Po. Er führte sein bereits wieder halb steifes Glied an Mandys Hintern heran und berührte mit seiner Eichel Mandys Po-Ritze. Daraufhin beugte Mandy sich nach vorn. Sie stützte sich mit den Armen auf dem Teppichfußboden ab. Manfred zog mit den Händen vorsichtig Mandys Po-Backen auseinander, was ihm einen freien Blick auf ihre Rosette verschaffte.

Manfreds Schwanz wurde größer und größer und war schließlich komplett steif. Er rieb sein bestes Stück mit etwas Gleitmittel ein. Er spreizte mit den Händen ein weiteres Mal Mandys Po-Backen, dann schob er seinen Schwanz in ihren Hintern hinein. Und zwar so weit, dass seine bereits tropfende Eichel ihre Rosette berührte. Mit seiner Schwanzspitze bearbeitete er diese so lange, bis sie sich auf leichten Druck hin öffnete. Nun schob er seinen Schwanz so tief es ging in Mandys Darm.

Die 21-Jährige stöhnte laut. Und ihr Stöhnen wurde

noch lauter, als Manfred begann, Mandy von hinten kräftig zu stoßen. Ja er fickte sie jetzt heftig von hinten in den Hintern, ihr Po zuckte dabei wild hin und her. Mandy genoss es total, Manfreds Schwanz in ihrem Arsch zu spüren. Den Schwanz eines Mannes, der mehr als doppelt so alt war wie sie!

Kevin dagegen verspürte Lust, Ursula die Möse zu ficken. Er bat die 47-jährige Urlauberin, sich rücklings auf den Teppichboden zu legen und die Beine zu spreizen. Ursula tat es und Kevin sah, dass ihre Möse bereits heftig triefte.

„Wie feucht du bist!", freute er sich.

„Wundert dich das? Immerhin bekommt mein Möschen gleich einen 22 Jahre jungen Schwanz hineingeschoben!"

Kevin bewegte seinen steifen Penis an Ursulas Möse heran und drang mit ihm tief in sie ein.

Was nun folgte, war ein intensiver, heißer, einfach nur extrem geiler Fick. Immer wieder aufs Neue stieß er sein Glied nach vorn, um es unmittelbar danach wieder zurückzuziehen und erneut auf sie einzustoßen.

„Das ist total geil!", stöhnte Ursula, dann rief sie: „So ein junger Schwanz! Absolut scharf, dein Kolben! Los, stoß noch kräftiger, ich will ihn richtig intensiv spüren!"

„Na gut, Ursula, dann werde ich dich jetzt mal heftig

durchficken", sagte Kevin und verstärkte seine Stoßattacken. Dabei rief er: „Deine Fotze ist so geil, dass ich gleich eine ordentliche Ladung Sahne in dich hineinspritze!"

„Oh ja, mach das!", rief Ursula. „Ich will dein Sperma in mir haben!"

Kevin stieß noch kräftiger. Und er beschleunigte das Tempo noch weiter. Dann war es soweit: Er stöhnte laut auf, seine Soße jagte ihm durch den Schaft, schoss vorn aus der Eichel raus und ergoss sich tief in Ursulas triefnasse, heiße Möse.

„Ja, ist das geil!!!", rief Ursula und kam nun ebenfalls. „Geil!!! Geil!!! Geil!!! So ein junger Stecher wie du es bist ist einfach super!!!", schrie sie und erlebte einen megaintensiven Orgasmus.

In diesem Moment kam auch Manfred in Mandys Hintern. Sein Sperma schoss aus der Eichel heraus und verteilte sich im Darm der 21-Jährigen. Das fühlte sich für Mandy so gut an, dass sie mit ihren Fingern ihre Klitoris zu massieren begann, um ebenfalls zu kommen. Es klappte sofort: Mandys Möse pochte heftig, als sie ihren Orgasmus erlebte, das Mädchen schrie dabei laut „Jaaaaa!!!!!".

Kevin und Manfred freuten sich, dass Ursula und Mandy so wunderbar intensiv gekommen waren. Sie fanden allerdings, dass das gemeinsame Liebesspiel damit für heute noch nicht zu Ende sein sollte. Klar, alle Vier waren jetzt gekommen, die Männer sogar schon das zweite Mal – aber warum sollte nicht jeder von ihnen noch einen weiteren Orgasmus erleben?

Die Frauen beschlossen, dass sie sich nun gegenseitig verwöhnen wollten. Lesbisches Liebesspiel sozusagen, auch wenn beide überhaupt nicht lesbisch waren, also zumindest, was Partnerschaften betraf. Lieben konnte jede von ihnen nur Männer – aber Sex haben, das wusste zumindest Ursula aus eigener Erfahrung, das konnte sie auch sehr gut mit anderen Frauen. Und Mandy? Die hatte diesbezüglich zwar noch keinerlei Erfahrung, wollte es aber gern einmal ausprobieren.

So kam es, dass die beiden Damen sich splitternackt auf das Ehebett legten und Ursula damit begann, Mandy die Muschi zu lecken. Mandy spreizte dazu ihre Beine und Ursula bewegte ihren Kopf in Mandys Schritt, wo sie sofort mit dem Leckspiel startete. Mandy spürte, wie sehr sie das erregte. Schlagartig wurde ihre Pussy noch viel feuchter, als sie es ohnehin schon war.

Ursula leckte leckte mal zärtlich-gefühlvoll, mal kräftig-wild, sie fuhr mit ihrer Zunge über die Schamlippen der jungen 21-jährigen Touristin und sie leckte auch an Mandys Kitzler. Dann führte sie ihre Zunge so weit es ging in Mandys Möse hinein und nahm dort deren köstlich schmeckenden Mösensaft auf.

Mandy genoss es, wie die deutlich ältere Ursula sie leckte. Sie rekelte sich auf dem Ehebett und stöhnte: „Oh wie geil! Oh wie sich das gut anfühlt!"

Plötzlich kramte Ursula einen Dildo hervor. Das Teil sah echt gut aus: ein dicker Schwanz mit praller Eichel und unten dran ein praller Hodensack. Der Dildo sah täuschend echt aus – wie ein echter Männerschwanz und unten wie echte Hoden! Ursula zögerte nicht lang, sondern schob Mandy den Dildo direkt hinein in deren feuchte Möse. Mandy war total geil, denn es fühlte sich megagut an, wie Ursula sie mit dem Plastik-Schwanz fickte.

Es dauerte nicht lang, da kam Mandy heftig. Ihr gesamter Körper zuckte, als sie einen wunderbar intensiven Orgasmus erlebte. Wie geil sich doch so ein Dildo anfühlte und wie sehr einen so ein Ding zum Höhepunkt bringen konnte!

Als Nächstes verwöhnte Mandy Ursula. Das junge Mädchen bat die ältere Frau, vor ihr in Doggy-Stellung zu gehen, damit Mandy Ursulas Hintern küssen und ihr mit der Zunge durch die Po-Ritze fahren konnte. Mandy war so geil, dass sie in diesem Moment genau darauf Lust hatte – was Ursula sichtlich freute. Während Mandy ihre Zunge so weit in Ursulas Po-Ritze hineinschob, dass sie mit der Spitze Ursulas Rosette berührte, schaukelten sowohl Mandys als auch Ursulas herabbaumelnde Brüste wild hin und her. Ursulas allerdings deutlich heftiger, da sie im Gegensatz zu Mandy echt große Titten hatte. Mandys Busen dagegen war etwas kleiner, dadurch aber nicht weniger attraktiv. Während Ursula zwei dicke Melonen am Körper trug, waren es bei Mandy zwei süße Apfelsinen – aber natürlich mit glatter Haut, nicht mit schrumpeliger Apfelsinen-Haut, bei Mandy war noch alles knackfrisch und glatt. Ursulas Melonen dagegen waren im Lauf der Jahre bereits etwas hängiger geworden – oder wie Manfred es gern ausdrückte: „Mit jedem Jahr läuten deine Glocken lauter!"

Mandy zog ihre Zunge wieder aus Ursulas Po-Ritze heraus, stattdessen führte sie jetzt einen Finger von unten an Ursulas Möse heran. Sie führte ihn in Ursulas nasse Fotze ein und begann, in der End-Vierzigerin herumzuspielen. Ursulas Fotze war so nass, dass der Mösensaft an Mandys Hand herunterlief. Während sie mit dem Finger Ursulas Muschi von innen bearbeitete, griff sie mit der anderen Hand nach dem Dildo, den sie eben tief in sich drin gehabt hatte, und schob ihn Ursula von hinten in den Arsch.

Nun verwöhnte sie Ursula also auf zweierlei Weise: Mit dem Finger spielte sie in deren Möse herum – und mit dem Dildo in deren Hintern. Ursula war total erregt, sie stöhnte heftig und stieß den einen und den anderen Lustschrei aus.

Als Mandy schließlich ihr Fingerspiel verstärkte und mit dem Dildo noch heftiger in Ursulas Hintern zu stoßen begann, kam diese mit einem Mal, wobei sie laut und schrill „Jaaa!!! Jaaa!!! Wow, ist das geil!!!" rief.

Und was taten derweil Kevin und Manfred? Nun ja, sie sahen den beiden Frauen begeistert bei deren heißem Sexspiel zu. Und weil es sie erregte, setzten sich beide im Schneidersitz auf den Teppich und fingen an, sich ihren eigenen Schwanz zu wichsen.

Doch nach einer Weile genügte das Manfred nicht. Sich selbst einen runterholen, das konnte er auch machen, wenn er allein war. Gern hätte er jetzt eine dritte Frau im Zimmer gehabt, mit der er es hätte treiben können, während Mandy und Ursula es sich gegenseitig besorgten. Doch eine dritte Frau war nicht da. Also fragte er in seiner Not Kevin, ob der ihm vielleicht den Schwanz wichsen würde.

Kevin war zunächst etwas unsicher, ob er das wollte. Er hatte noch nie Sex mit einem anderen Mann gehabt, erst recht nicht mit einem so alten wie Manfred. Dann jedoch ließ er sich auf die Sache ein – allerdings nur unter der Bedingung, dass gleichzeitig auch Manfred ihm, also Kevin, den Schwanz wichste, denn natürlich wollte auch der 22-Jährige gern noch einen weiteren Orgasmus erleben.

Die beiden legten sich seitlich auf den Teppich, und

zwar so, dass sie einander genau gegenüber lagen. Kevin streckte seinen Arm zu Manfred aus, führte ihn nach unten zu dessen Schritt und packte den Schwanz des 49-Jährigen. Langsam fing er an, diesen zu wichsen.

Auch Manfred startete zunächst langsam bei Kevin. Er genoss es, einen gerade mal 22 Jahre jungen Schwanz in seinen Händen zu halten und diesen zu bearbeiten.

Schnell wurden die Schwänze der beiden hart wie Stahl. Sowohl Manfred als auch Kevin intensivierten das Spiel, indem sie zum Einen fester zupackten und zum Anderen das Wichs-Tempo erhöhten. Wie geil es sich anfühlte!, dachten beide.

Manfred, so schien es, hatte anscheinend schon häufiger Sex mit anderen Männern gehabt, anderenfalls wäre es ihm wohl nicht so leicht gefallen, plötzlich zu sagen: „Ich will dir einen blasen, Kevin!"

Kevin schluckte kurz. Wollte er, dass ein Mann ihm einen bläst? Und vor allem: Was sollte er währenddessen tun? Sollte auch er Manfred einen blasen?

Ach, warum nicht!, wischte Kevin schnell alle Unsicherheiten beiseite und antwortete Manfred: „Okay, aber dann lass uns in die 69er-Stellung gehen, damit auch ich dir einen blasen kann!"

Manfred fand, dass das eine super Idee war, weshalb er sich sofort rücklings auf den Teppich legte. Kevin stieg auf ihn drauf, beugte seinen Kopf über Manfreds

Schritt nach unten und nahm den Schwanz des 49-Jährigen in den Mund. Gleichzeitig ließ er seinen Genitalbereich über Manfreds Gesicht etwas nach unten sinken und führte sein Glied in den Mund des fast 50 Jahre alten Mannes ein.

Es folgte ein herrlicher gegenseitiger Blowjob! Nie im Leben hätte Kevin gedacht, dass auch Männer so gut blasen konnten, wie er es bislang nur von Frauen kannte. Manfreds Schwanz in seinem Mund zu spüren, war ein irres Gefühl – ebenso irre, wie es für Manfred war, den jungen Schwanz des 22-jährigen Kevin im Mund zu haben.

Ein Jeder fuhr mit der Zunge am Schaft des anderen entlang, Kevin und Manfred leckten sich gegenseitig die Eicheln, sie sogen kräftig am Kolben des anderen, sabberten dabei vor Geilheit – und dann kamen sie sogar exakt gleichzeitig, was dem Ganzen sozusagen die Krone aufsetzte. Jeder spritzte dem anderen sein Sperma in die Mundhöhle und beide schluckten es genüsslich runter. Wow, dachte Kevin, jetzt hab ich zum ersten Mal in meinem Leben Sperma geschluckt!

Es war ein geiler Tag, den die Vier da erlebt hatten – und zum Dank luden Manfred und Ursula das junge Pärchen abends auf mehrere leckere Cocktails und am folgenden Tag auf ein köstliches Mittagessen ein. Nachmittags trafen sich die Vier dann selbstverständlich wieder zum gemeinsamen Sex.

So ging es die folgenden Tage weiter – und als Kevin und Mandy nach einer Woche abreisen mussten und sich von Manfred und Ursula verabschiedeten, tauschten sie gegenseitig Telefonnummern aus, um sich vielleicht nächstes Jahr für einen gemeinsamen Urlaub auf Gran Canaria oder Kreta zu verabreden, sofern Kevins und Mandys Geld dann dafür reichen würde.

Und falls es nicht reichen würde? „Kein Problem", sagte Manfred, „dann finanzieren wir euch eben den kompletten Urlaub – dafür müsst ihr mit uns dann aber mindestens eine Woche lang rund um die Uhr ficken!"

Das klang doch vielversprechend, oder?!

Bück dich, Sekretärin!

Ich bin auf Geschäftsreise in Brüssel. Der Kongress, den ich besuche, verspricht mir viele neue Geschäftskontakte. Hier lernt man Branchenkollegen kennen und das ist es, warum ich hier bin. Ich bin im B2B-Bereich tätig, das ist die Abkürzung für Business to Business. Nicht Endverbraucher sind meine Kunden, sondern andere Unternehmen. Die Firma, für die ich in verantwortlicher Position arbeite, liefert Elektronik-Teile. Unsere Kunden benötigen diese Teile, um sie in die bei ihnen entstehenden Geräte wie DVD- oder Blu-Ray-Player einzubauen. Die fertigen Geräte bieten sie dann Technik-Fachgeschäften an und die wiederum verkaufen die Player an Endverbraucher.

In dem Fünf-Sterne-Hotel ist, wie von meiner Sekretärin veranlasst, ein Doppelzimmer auf meinen Namen gebucht. Ein Doppelzimmer deswegen, weil meine Sekretärin mich begleitet. Während ich auf dem Kongress geschäftliche Kontakte knüpfe, ist es ihre Aufgabe, zu jedem neuen Kontakt ein Dokument mit allen wichtigen Informationen anzulegen. Und weil meine Sekretärin und ich ein, na sagen wir mal: spezielles Verhältnis pflegen, habe ich ihr aufgetragen, nicht zwei Einzel-, sondern ein Doppelzimmer zu buchen. Meine Sekretärin ist nämlich nicht nur meine rechte Hand bei der Arbeit, sie ist darüberhinaus mein Fickluder. Wann immer ich auf Geschäftsreise muss, kommt sie mit und steht mir abends im Hotelzimmer als das zur Verfügung, was ich allabendlich brauche: ein Luder, das sich mir voll und ganz hingibt und das ich nach Herzenslust durchficken kann.

Doch damit nicht genug: Gelegentlich tun sich mögliche neue Geschäftspartner etwas schwer damit, mir erste geschäftliche Aufträge anzuvertrauen. Dann ist Überzeugungsarbeit der besonderen Art vonnöten. Ich biete ihnen in solchen Fällen meine Sekretärin zum Spielen an. Meine Sekretärin weiß, dass sie meinen potenziellen neuen Geschäftspartnern keinen Wunsch abschlagen darf. Nur, wenn die Anzugträger komplett mit ihr zufrieden sind, sprich: nur wenn meine Sekretärin ihnen jeden noch so perversen Wunsch erfüllt hat, besteht die Chance, dass die Herren sagen: „Diese Dienstleistung hat mir gefallen. Na, dann werde ich Ihnen und Ihrem Chef mal den Auftrag zur Lieferung dieser und jener technischen Teile erteilen!"

Meine Sekretärin, die übrigens auf den Vornamen Ute hört, hat sich mit alldem einverstanden erklärt. Sexgeil wie sie ist, steht sie sowohl mir als auch möglichen Geschäftspartnern gern zur Verfügung. Und experimentierfreudig, wie sie ebenfalls ist, lässt sie gern alles Erdenkliche mit sich machen. Sie ist ein williges Luder, ja sie ist froh, solch einen besonderen

Sekretärinnen-Job zu haben. Sie liebt es, von mir und von anderen Anzugträgern hart rangenommen zu werden. Noch nie hat sie irgendwem einen Wunsch abgeschlagen.

Wir checken ein, lassen unsere Koffer aufs Zimmer bringen und gehen zum Kongress. Dort werden etliche Reden gehalten. Es werden darüberhinaus technische Innovationen präsentiert, es wird gemeinsam zu Mittag gegessen und dabei entstehen wie immer die ersten Kontakte.

Es läuft erstaunlich gut dieses Mal, meine Sekretärin tippt viele neue Kontakte und die dazugehörigen Informationen in ihr Notebook. Lediglich mit einem Herrn läuft es nicht so wie erhofft. Herr Doktor W. (ich kürze seinen Nachnamen aus Gründen der Diskretion ab) ist unsicher, ob die Firma, für die ich tätig bin, für ihn der richtige Geschäftspartner sein könnte. Er zeigt sich extrem zögerlich und erbittet sich Bedenkzeit. Auf keinen Fall werde er bereits während dieses Kongresses Gesprächstermine mit mir vereinbaren. Wenn, dann werde er sich ein paar Wochen nach dem Kongress telefonisch bei mir melden, sagt er. Ich weiß aus Erfahrung: Wer so etwas sagt, der meldet sich nie.

Doktor W. arbeitet für ein sehr, sehr großes Unternehmen. Ich möchte mir diesen geschäftlichen Kontakt auf keinen Fall entgehen lassen. Deshalb flüstere ich ihm, als meine Sekretärin aufsteht und auf die Toilette geht, leise zu, dass Ute eine besondere Sekretärin sei. Ja, sage ich, sie weiß, was zu tun ist, damit uns Geschäftsmännern die Kongresse nicht zu anstrengend werden. „Sie versteht es, uns beim Stressabbau zu helfen, wenn Sie verstehen, was ich meine, Doktor W.", sage ich und ergänze: „Was meinen Sie, darf ich Ihnen meine Sekretärin heute Abend eventuell zur Verfügung stellen?"

Sätze wie diese sind riskant. Sie gehen entweder komplett daneben – oder aber sie erweisen sich als Volltreffer. Danebengehen bedeutet, der potenzielle Geschäftspartner zeigt sich empört und beendet sofort das Gespräch – Volltreffer dagegen bedeutet, der mögliche Geschäftspartner springt auf das Angebot an, weil er genauso versaut denkt und zu handeln bereit ist wie ich.

Ich habe Glück, Doktor W. grinst und gibt mir zu verstehen, dass er das Angebot gern annehme. „Na dann", sage ich zufrieden, „ab 22 Uhr steht sie Ihnen zur Verfügung. Machen Sie mit ihr, was sie wollen – sie wird es ebenso lieben wie Sie!"

Als meine Sekretärin von der Toilette an den Tisch zurückkehrt, bitte ich Sie, sich die Hotelzimmer-Nummer von Doktor W. zu notieren und dazu den Hinweis „22 Uhr". Ich muss nicht dazu sagen, dass es sich dabei nicht um einen Termin für mich, sondern um einen Termin für sie handelt. Meine Sekretärin weiß, dass ich Termine nur bis 21 Uhr annehme – alles, was ab 22 Uhr folgt, sind ihre Termine. Und um was für Termine es sich bei diesen Ab-22-Uhr-Terminen handelt, das weiß sie am allerbesten. Meine Sekretärin lächelt Doktor W. an und sagt: „Sehr wohl, Herr Doktor W., gern notiere ich den Termin!"

Der Kongress-Tag zieht sich quälend lang dahin. Um 18.30 Uhr steht ein gemeinsames Abendessen für alle Kongress-Teilnehmer an. Auch hier ergeben sich neue geschäftliche Kontakte, die meine Sekretärin für mich notiert. Da alles reibungslos läuft, sind keine Spezialtermine für Ute dabei. Aber das macht nichts, sie hat ja heute Abend bereits einen Termin mit Doktor W.

Bevor ich weitererzähle, seien an dieser Stelle ein paar Informationen eingeschoben, die wichtig fürs weitere Verständnis sind:

Da wäre zunächst eine Info zu meiner Sekretärin: Ute ist 39 Jahre alt, hat lange braune Haare, ein attraktives Gesicht und einen ebenso attraktiven Körperbau. Auffällig sind ihre Brüste. Auffällig deshalb, weil diese sehr üppig ausfallen. Üppig auch ihr Hinterteil, das sich selten unter einem Hosenanzug, sondern meist unter einem Rock verbirgt. Ute ist etwa 1,65 Meter groß.

Info Nummer zwei bezieht sich auf Herrn Doktor W.: Er ist geschätzt um die 55 Jahre alt, Größe circa 1,80 Meter, er hat kurze schwarze Haare und einen Bauchansatz, der deutlich macht, dass er auf

Kongressen und wohl auch zu anderen Anlässen gern etwas mehr als üblich isst.

Und wo ich nun schon einmal dabei bin, hier gleich noch eine dritte Info – die bezieht sich auf meine Person: Mein Vorname ist Karl, meinen Nachnamen lasse ich aus Diskretionsgründen unerwähnt, ich bin 45 Jahre alt, schlank und 1,95 Meter groß.

Um Punkt 22 Uhr an diesem Abend klingelt meine Sekretärin an der Zimmertür von Doktor W. – dieser öffnet ihr sofort, er trägt noch immer seinen Anzug, auf dem Tisch am Fenster steht eine Flasche Champagner. Meine Sekretärin tritt ins Zimmer ein, auch sie ist noch im edlen Geschäftslook gekleidet.

Doktor W. führt sie an den Tisch am Fenster, wo er ihr und sich ein Glas Champagner einschenkt. Die beiden stoßen auf einen netten Abend an. Doktor W. grinst, als er die Worte „netter Abend" ausspricht. Sekretärin Ute grinst zurück.

Die beiden genießen den Champagner. Kaum dass sie ihre Gläser geleert und auf den Tisch zurückgestellt haben, kommt Doktor W. zur Sache, indem er sagt: „Und jetzt zieh dich aus, du Luder!"

Ute staunt nicht schlecht, so schnell geht es nicht bei jedem Mann. Viele reden erst, manche wollen meiner Sekretärin selber die Kleidungsstücke vom Leib ziehen, doch Doktor W., der entscheidet sich also für eine klare, knappe Ansage. Und er scheint wirklich ungeduldig zu sein, denn sofort schiebt er nach: „Ich hab gesagt: Du sollst dich ausziehen, du Luder! Wird's bald?!"

Ute tut, was Doktor W. von ihr verlangt. Sie weiß ja: unbedingt jeden Wunsch erfüllen! Nur wenn ihr Gegenüber zufrieden ist, besteht die Chance, dass dieser mir später einen Auftrag zur Lieferung elektronischer Teile erteilt. Sie zieht sich deshalb eilig die Kleider vom Leib, so dass sie ein paar Sekunden darauf splitternackt vor Doktor W. steht.

„Und jetzt bück dich, du Luder!", befiehlt dieser in strengem Ton.

Ute gehorcht. Sie dreht sich mit dem Rücken zu Doktor W., dann bückt sie sich weit nach vorn, so dass Doktor W. freien Blick auf Utes prallen Hintern und ihre darunter zu sehende Möse hat.

Doktor W. öffnet Gürtel, Knopf und Reißverschluss seiner Hose und packt sein bestes Stück aus. Sofort richtet sich sein Glied auf und wird knallhart. Doktor W. hat einen großen Schwanz, lang und dick.

Ute überlegt, was Doktor W. wohl mit ihr vorhat. Will er ihr von hinten die Möse ficken oder steht dem Geschäftsmann der Sinn nach Analsex?

Doktor W. geht zu seiner Nachttisch-Schublade, holt eine Tube Gleitgel raus. Er schraubt den Deckel ab, drückt eine Menge Gel aus der Tube heraus und schmiert sich sein Glied damit ein. Doch nicht nur das:

Nachdem er seinen Penis eingeschmiert hat, drückt er eine weitere Ladung Gel aus der Tube, lässt es in seine Hände gleiten, führt diese an Utes Hintern heran und schmiert ihr die Ritze damit komplett voll.

Dann packt Doktor W. mit seinen kräftigen Händen Utes Arschbacken und zieht diese weit auseinander.

Ohne zu warten, rammt er Ute seinen knallharten Schwanz in den Arsch. Und zwar so weit, dass er sofort Utes Rosette durchstößt, woraufhin die große Eichel von Doktor W.s Schwanz in Utes Darm steckt.

Ute stöhnt laut auf. So schnell einen derart dicken, harten Schwanz in den Arsch gerammt zu bekommen, das passiert ihr nicht alle Tage.

Doktor W. beginnt, Ute heftig in den Arsch zu stoßen. Der Schaft seines Schwanzes schiebt sich in ihrer Arschritze vor und zurück, seine Eichel stößt Ute im Darm.

Der Geschäftsmann, der lediglich seine Hose geöffnet hat, ansonsten noch komplett bekleidet ist, bietet Ute einen Arschfick, wie sie ihn noch nie zuvor erlebt hat. Zwar hat sie schon mit vielen Geschäftsleuten Sex gehabt und sich dabei schon von etlichen den Arsch ficken lassen, aber keiner hatte einen derart großen, langen, dicken und vor allem harten Schwanz wie dieser Doktor W. – und mehr noch: Zwar verstanden es viele Geschäftsmänner, sie hart zu stoßen, aber das war alles nichts gegen die Härte und Wucht, mit der Doktor W.

vorgeht. Seine Stoßkraft überbietet alles bisher Dagewesene.

Ute stöhnt und beginnt vor Lust und Erregung zu schreien. Sie ruft: „Oh ja, geben Sie es mir so hart wie Sie können, Doktor W.!"

Der Geschäftsmann grunzt und schnauft wie ein Tier. Sein dicker Bauch, den er hinter seinem weißen Oberhemd und der davor hängenden roten Krawatte verbirgt, schwabbelt vor und zurück, während er sein Becken rasant bewegt und seinen Schwanz, der mittlerweile einem Stahlrohr gleicht, mit extremer Wucht und Rasanz in Utes Arsch vor- und zurückrammt.

Doktor W. will wissen, ob Utes Möse bereits schön feucht ist, weshalb er ihr mit der Hand von unten in den Schritt greift. Seine Hand ist sofort klitschnass, soviel Mösensaft sondert Utes Fotze ab.

Weil Doktor W. gern Mösensaft an seinen Händen spürt und weil ihm das zusätzliche Erregungsschübe verpasst, schiebt er Ute gleich drei Finger auf einmal in die Möse.

„So muss es sein", ruft er, „eine Fotze so nass wie ein Ozean!"

Doktor W. startet ein intensives Fingerspiel und setzt unterdessen seinen Arschfick weiter fort. Ute schreit vor Erregung laut auf: „Oh ja, Doktor W., fingern Sie mich! Und ficken Sie weiter meinen Arsch! Ich bin so geil, dass mir gleich die Möse explodiert!"

„Deine Fotze soll glühen!", ruft Doktor W., dann zieht er seinen Schwanz aus Utes Arsch raus und brüllt: „Los, Schlampe, geh vor mir auf die Knie und leck mir den Schwanz sauber! Leck alles ab und wenn du fertig bist, dann fick ich dir deine Fotze, wie sie dir noch kein anderer Kerl gefickt hat!"

„Oh ja, ficken Sie sie mir!", stöhnt Ute, dann richtet sie sich aus ihrer Bück-Stellung auf, streckt einmal kurz ihren Rücken, bevor sie direkt im Anschluss vor Doktor W. in die Hocke geht und ihm den Schwanz abzulecken beginnt. Sein harter Kolben gleicht noch immer einem Stahlrohr.

Ute leckt alle Stellen seines Schwanzes ab. Sie beginnt an der riesigen, glutroten Eichel, aus der ständig Lusttropfen herausgequollen gekommen, dann leckt sie den langen Schaft von Doktor W.s Schwanz sauber. Sie leckt sämtliches, an Doktor W.s Schwanz klebendes Gleitgel ab und genießt dabei den an Doktor W.s Schwanz haftenden Geschmack ihres eigenen Hinterns.

Ute ist kaum mit dem Sauberlecken fertig, da befiehlt Doktor W. ihr, sich mit dem Rücken auf sein Hotelbett zu legen. „Und mach die Beine schön breit, du verficktes Luder!", brüllt der Geschäftsmann.

Ute legt sich aufs Bett und tut, was ihr befohlen ist: Sie spreizt die Beine weit. Sofort kommt Doktor W. auf sie zugestürmt, beugt sich über sie und rammt ihr seinen Schwanz in die Möse.

„Ich fick dich jetzt, dass dir Hören und Sehen vergeht!", ruft Doktor W. und rammt seinen Kolben hart in Utes Fotze vor und zurück.

Ute stöhnt genüsslich und bittet den Geschäftsmann: „Oh ja, ficken Sie mich so intensiv wie Sie können! Ich liebe es, von Männern wie Ihnen hart gefickt zu werden!"

Da brüllt Doktor W.: „Mag sein, dass andere Männer dich hart gefickt haben, aber ich fick dich noch viel härter, du versautes Luder! Ich fick dir deine Fotze so stark, dass sie noch die nächsten drei Tage glüht, darauf kannst du dich verlassen!"

Wie ernst er das meint, beweist er ihr umgehend: Doktor W. verstärkt seine Stöße nochmals und er legt auch an Tempo mehrere Gänge zu. Seine Stöße sind so rasant und intensiv, dass das Bett stark wackelt und Utes Körper darauf komplett in Schwingung gerät. Stößt Doktor W. zu, dann bewegt sich alles: Utes Beine, ihr Oberkörper, ihre üppigen Titten, ihr Kopf – alles ist in Schwung.

Plötzlich greift Doktor W. mit seinen Händen nach Utes dicken Titten und knetet diese so stark, dass Ute vor Geilheit grelle Schreie von sich gibt.

Doktor W. mag es, dass Utes Fotze schön eng und sehr feucht ist. Sein Schwanz kann hierin so richtig bohren, hämmern, rammen. Doktor W. tobt sich aus, wie er sich schon lange bei keiner Frau mehr ausgetobt hat.

„Du geiles Fickstück, so eng wie in deiner Fotze ist's bei keiner anderen Frau!", ruft er und rammt sie weiterhin so hart es geht. „Los, Schlampe, Beine in die Höhe, dann fühlt sich deine Fotze noch enger an!"

Ute befolgt den Befehl. Sie stemmt ihre Beine in die Höhe, wodurch es sich für Doktor W. in ihrer ohnehin schon engen Fotze nochmals enger anfühlt. Was für ein intensiver Fick!, denkt Doktor W. und tobt sich mit seinem Rohr extremst in Utes enger Höhle aus.

Anstatt ihr die Titten zu kneten, führt er seine kräftigen Hände jetzt an ihren Arsch und knetet ihr nun ihre prallen Arschbacken.

Dann überkommt ihn eine besondere Lust: die Lust, sie mit seinem Rohr weiter zu ficken und ihr dabei gleichzeitig einen oder mehrere Finger ins Arschloch zu schieben. Er spuckt sich deshalb auf die Finger seiner rechten Hand und dann geht's auch schon los: Doktor W. rammt Ute ohne Vorwarnung seinen Mittelfinger durch die Rosette. Ute schreit auf – vor Überraschung, aber auch vor Erregung.

Jetzt kriegt sie also beides: einen heftigen Fotzenfick und ein Im-Arsch-Gefingert-werden – mit dem Mittelfinger, wie passend, denn das ist ja der Fuck-Finger. Der, den Doktor W. schon so manchem Menschen entgegengestreckt hat, wenn dieser nicht so handelte, wie Doktor W. es wollte. Bei geschäftlichen Gesprächen freilich macht er so was nicht, da pflegt

Doktor W. die Etikette, aber im Straßenverkehr beispielsweise, wenn jemand auf der Autobahn die linke Fahrspur blockiert, da kommt es schon mal vor, dass Doktor W. in seinem Jaguar hinter dem Blockierer die Lichthupe betätigt und seinen Mittelfinger in die Höhe streckt, so dass es der vor ihm fahrende Autofahrer im Rückspiegel sieht.

Jetzt steckt Doktor W.s Mittelfinger tief in Utes Arschloch drin. Doktor W. bohrt mit ihm in Utes Darm herum und weil ihn das noch geiler macht, schwillt sein Mega-Rohr vorn in Utes Fotze nochmals weiter an. Doktor W. muss sich für sein Fingerspiel in Utes Arsch ganz schön krumm machen. Ute liegt nunmal mit dem Rücken auf dem Bett. Leichter wäre es, sie würde vornüber gebückt vor ihm stehen und er würde sie von hinten ficken – aber so ist es halt nicht. Vornüber gebückt stand sie nur da, als er ihr zuvor mit seinem Schwanz den Arsch fickte – nicht aber jetzt, während des Fotzen-Ficks.

Doktor W. will noch mehr. Er nimmt erst den Zeigefinger dazu, schiebt Ute auch diesen in den Arsch. Schließlich rammt er ihr auch noch seinen Ring- und seinen kleinen Finger durch die Rosette und bearbeitet Ute nun mit vier Fingern kräftigst von innen. So geschmeidig, wie Utes Rosette inzwischen geworden ist, dürfte es eigentlich ein Leichtes sein, ihr nun die gesamte Hand einzuführen. Aber nicht einfach so.

45

Einfach nur den Rest seiner Hand hinterher zu schieben, das wäre Doktor W. zu langweilig – er zieht deshalb die vier Finger wieder aus Utes Arsch heraus, ballt nun seine Hand zur Faust und führt diese gekonnt in ihr Innerstes ein. Alles läuft bestens: Utes Rosette ist mittlerweile derart gedehnt, dass Doktor W.s Faust in Null-Komma-Nichts durch ihr Arschloch hindurch flutscht. Doktor W. liebt es, Frauen den Arsch zu fisten, weshalb er auch jetzt, bei Ute, ein Höchstmaß an Erregung und Geilheit verspürt.

Ute schreit vor Lust, sie kann sich vor Geilheit kaum noch halten. Sie führt ihre Finger an ihre Klitoris und massiert sich ihre Perle. Das steigert ihre Lust nochmals um ein Vielfaches, weshalb sie jetzt kurz davor ist, zu kommen und einen Mega-Orgasmus zu erleben. Sie zögert diesen allerdings noch heraus, denn sie möchte im selben Moment kommen wie Doktor W. – und sie geht davon aus, dass dies auch in dessen Sinne ist.

Tatsächlich ist auch Doktor W. kurz davor, zu kommen. Noch immer fickt er mit seinem Schwanz Utes Fotze, gleichzeitig fistet er die Sekretärin im Arsch.

Doktor W. grunzt wie ein Schwein, so geil ist er. Er schwitzt am gesamten Körper, was natürlich nicht nur an seiner Erregung liegt, sondern auch daran, dass er nach wie vor komplett bekleidet ist – sein Schwanz guckt aus der Hose heraus, wobei man seinen Kolben freilich kaum sehen kann, da er ja in Utes Fotze steckt.

„Ich komme jetzt!!!", brüllt Doktor W. und fistet Ute noch heftiger. „Los, du Fickstück, sieh zu, dass du auch kommst! Ich will, dass du im selben Moment abgehst wie ich!"

„Das krieg' ich hin!", schreit Ute, deren Beine vor Geilheit wild in der Luft zappeln. „Das krieg ich hin!"

Doktor W. rammt seinen Schwanz noch schneller in Utes Fotze vor und zurück, er fistet ihr den Arsch bis aufs Extremste – und dann schießt ihm der Samen mit voller Wucht vorn aus der Eichel heraus, tief rein in Utes geile, enge Fotze. Doktor W.s Grunzen wird zum Schnaufen, er gleicht jetzt einem Nashorn oder einem Elefanten, auch Ute kommt jetzt, sie schreit so grell „Jaaa!!! Jaaaa!!!!", dass man es auf der gesamten Etage hört, ihre Beine zappeln noch stärker, ihre Fotze zuckt so megamäßig stark, wie sie es trotz der vielen geschäftlichen Fick-Momente mit unzähligen Geschäftsmännern noch nie zuvor erlebt hat.

Sowohl Doktor W. als auch Ute gehen ab wie Raketen, das Bett wackelt so stark, dass es beinahe zusammenbricht. Dann jedoch flacht die Erregung der beiden ab, Doktor W. zieht seine Faust aus Utes Arsch heraus, er lässt seinen Schwanz aus ihrer Fotze rausgleiten, dann fällt er neben ihr aufs Bett und keucht erschöpft: „Sag deinem Chef, er kriegt den Auftrag!! Und lass dir von ihm eine Gehaltserhöhung geben, die hast du dir verdient, du geiles Fickstück!!!"

Dicke Titten, vollgeschmiert mit Sperma

Dies ist Teil 2 der Geschichte „Bück dich, Sekretärin!"

Als meine Sekretärin von ihrem Termin bei Doktor W. zu mir ins Hotelzimmer zurückkehrt, will ich mich davon überzeugen, ob sie ihm auch wirklich treu zu Diensten gestanden hat. Zwar lächelt sie mich beim Betreten des Zimmers an und sagt „Doktor W. lässt ausrichten, dass Sie den Auftrag haben, Chef!", doch das könnte rein theoretisch ja auch Zufall sein. Was, wenn Doktor W. sich einfach so, ohne dass Ute ihm etwas geboten hat, dafür entschieden hat, mir beziehungsweise dem Unternehmen, für das ich arbeite, den Auftrag zu erteilen? Könnte ja sein, dass meine Worte heute Mittag beim gemeinsamen Essen ihn im Nachhinein doch überzeugt haben. Okay, die Dienste meiner Sekretärin wären dann nicht mehr erforderlich gewesen, trotzdem gilt: Ich hatte angeordnet, dass sie den Termin mit Doktor W. klarmacht – und deshalb hat sie ihn auch wahrnehmen und ihre Leistung erbringen müssen. Anderenfalls wäre sie ja meiner Anweisung

49

nicht nachgekommen – und das ginge nun wirklich nicht! Eine Sekretärin muss schließlich tun, was ihr Vorgesetzter sagt! Ich mache also die Feuchtigkeits-Kontrolle...

...Und die geht so: Ich nähere mich meiner Sekretärin von vorn, greife ihr mit beiden Händen unter den Rock und reiße ihr den Slip herunter. Kaum dass das Teil unten ist, fasse ich ihr mit der rechten Hand kräftig in den Schritt, drücke ihre Beine etwas auseinander und prüfe, ob ihre Fotze noch feucht ist. Tatsächlich: Da unten zwischen Utes Beinen ist es noch wunderbar klebrig.

Sie hat sich Doktor W. also hingegeben. Sie hat sich von ihm ficken lassen – in die Fotze, den Arsch, den Mund oder wo auch immer hin. In jedem Fall ist sie dabei geil geworden, anderenfalls würde ihre Fotze nicht so kleben.

„Hat er dich ordentlich durchgefickt?", frage ich Ute und lache dabei laut.

„Hat er. Doktor W. ist ein Mann, der schnell zur Sache kommt."

„Und, hat er eine spezielle Vorliebe?", frage ich neugierig.

„Hat er. Er hat mir seine Faust durch den Anus geschoben."

„Aaah, ein Fisting-Fan! Na, ich hoffe, er hat dabei eine Menge Spaß gehabt!"

„Ich denke schon. Was ist Chef, darf ich mir meinen Slip wieder anziehen?"

„Darfst du nicht, du kleine Anal-Schlampe! Oder glaubst du, ich gehe schlafen, ohne mich vorher an dir ausgetobt zu haben?"

Ich packe Ute am Oberkörper und drehe sie um, so dass sie jetzt mit dem Rücken vor mir steht.

„Und jetzt bück dich für mich, Fickstück!"

Ehe Ute tun könnte, was ich von ihr verlange, drückte ich ihren Oberkörper nach vorn und bringe sie selbst in Bückstellung.

Ich öffne meinen Hosengürtel, meinen Hosenknopf und den Reißverschluss und lasse meine Anzughose zu Boden gleiten. Dann ziehe ich mir meine Shorts runter und lasse auch sie nach unten zu meinen Füßen fallen. Ich packe mit der Hand meinen Schwanz, der sich bereits aufzurichten beginnt. Hastig fange ich an, meinen besten Freund zu wichsen. Mit der anderen Hand fasse ich Ute zwischen die Beine, greife durch bis nach vorn und ziehe an ihrer Klitoris. Ute schreit vor Schmerz auf.

„Das magst du doch, oder?", rufe ich.

„Und ob ich das mag!", stöhnt sie.

Ich habe meiner Sekretärin schon so oft an der Klitoris gezogen. Ich weiß, dass es Ute wehtut, aber sie hat mir jedes Mal zu verstehen gegeben, dass es sie gleichzeitig total scharf macht. Und das will ich erreichen: dass meine Sekretärin Ute auch jetzt noch einmal so richtig geil und feucht wird, damit ich sie zum Abschluss meines anstrengenden Tages richtig heftig durchficken kann.

Mein Schwanz steht jetzt waagerecht, ist groß und knallhart. Ich spucke mir in die Hände, reibe meinen Kolben mit meinem Speichel ein und mache kurzen Prozess: Egal ob Ute schon ausreichend nass in der Spalte ist oder nicht, die Spucke wird's richten. Ich ramme ihr meinen Schwanz von hinten in die Fotze und starte meinen Fick. Mit meinen Händen packe ich ihre Arschbacken und knete diese.

Ute stöhnt und säuselt: „Oh ja, kneten Sie mir den Arsch, Chef, das fühlt sich so geil an! Und ficken Sie mich ordentlich! Dann kann ich nachher gut schlafen!"

Ute von hinten zu ficken, mache ich besonders gern. Zwar hab ich sie auch schon sehr oft von vorn genommen, aber von hinten bietet mir den Vorteil, dass ich mit den Händen Herr über ihre Arschbacken bin – und so prall, wie Utes Arsch beschaffen ist, ist das ein echt geiles Vergnügen.

Mein Schwanz ist extrem hart, meine Eichel riesig. Tief in Utes Fotze drin genießt sie die rasante Reibung. Ich freue mich darauf, meiner Sekretärin gleich eine volle Ladung Sperma in die Möse zu schießen. So viel Druck wie ich nach dem anstrengenden Arbeitstag auf meinen Eiern hab, dürfte da gleich eine Menge Sahne zusammengekommen.

Oder sollte ich sie ihr vielleicht woanders hinspritzen? Bei der großen Menge, die ich an Bord habe, wäre es doch ein Spaß, sie ihr irgendwo hinzuspritzen, wo ich es mitansehen könnte! Ja, ich will sehen, wie sich mein Sperma über sie ergießt! Ich beschließe deshalb kurzerhand, ihr meine Sahne nicht in die Fotze, sondern zwischen ihre dicken Titten zu jagen!

Ich reiße meinen Schwanz aus Utes Fotze raus und befehle meiner Sekretärin, sich mit dem Rücken aufs Bett zu legen.

„Aber warum das denn? Ich dachte, Sie kommen gleich in meiner Möse, ich hab mich schon so drauf gefreut", ruft Ute.

„Du sollst nicht denken, du sollst gehorchen!", schreie ich sie an. „Schließlich bin ich hier der Chef und nicht du, du versautes Miststück. Also los, worauf wartest du noch? Schwing deinen Arsch zum Bett rüber und leg dich auf den Rücken!"

„Ich gehorche ja schon, Chef!", stammelt Ute und läuft mit wackelndem Hintern zu unserem Doppelbett rüber. Dort angekommen, lässt sie sich rücklings auf die Matratze fallen und fragt: „Und jetzt? Beine breit machen?"

„Nix beine Breit machen!", rufe ich und besteige sie. Ich schiebe ihr meinen harten Schwanz zwischen die Titten und presse ihre Melonen mit meinen Händen eng zusammen. „Ich fick dir jetzt die Titten und wenn ich damit fertig bin, dann spritz ich dir meinen Kleister dazwischen und schau zu, wie du ihn dir mit deinen zarten Sekretärinnen-Händen in die Poren deiner Möpse einmassierst!"

„Oh wie geil!", stöhnt Ute. „Sie haben mir schon lange nicht mehr die Titten gefickt, Chef!Schön, dass Sie endlich mal wieder Lust darauf haben!"

„Und ob ich Lust darauf habe!", rufe ich und stoße meinen Schwanz, der von Utes Mösensaft noch ganz nass und glitschig ist, zwischen ihren dicken Titten vor und zurück.

Ich genieße den Titten-Fick und rufe zwischendurch: „Die Entscheidung, dich als meine Sekretärin in unserem Unternehmen zu beschäftigen, war echt die richtige." Und lachend sage ich anschließend: „Nach welchen Kriterien hab ich dich damals eigentlich ausgewählt? Hab ich mir deine Zeugnisse durchgelesen oder hab ich nach Titten-Größe entschieden?"

„Keine Ahnung, Chef. Meine Zeugnisnoten sind gut, aber ich hatte auch eine Bluse mit weit ausgeschnittenem Dekolletee an damals, daran erinnere ich mich noch genau."

Ute hat wirklich echt scharfe Titten. So große Dinger wie sie hat längst nicht jede Frau. Ich stoße meinen Schwanz noch immer zwischen ihren Melonen vor und zurück. Ich spüre, dass ich gleich kommen werde.

„Los, spiel mit den Fingern an deiner Fotze! Ich will, dass du im gleichen Moment abgehst wie ich!", befehle ich meiner Sekretärin.

Ute gehorcht. Sie führt eine Hand an ihre Fotze heran und beginnt, mit den Fingern an ihrer Klitoris zu spielen. Ihr Stöhnen wird dabei lauter.

Ich verstärke meinen Titten-Fick noch etwas, schiebe Ute meinen rechten Mittelfinger in den Mund und tue so, als wäre es ein zweiter Schwanz. Während ich mit meinem echten Schwanz weiter ihre Titten ficke, fickt mein Finger nun also ihren Mund. Ute spielt derweil heftigst an ihrer Klitoris rum und sie stöhnt inzwischen so laut, dass ich weiß, auch sie wird gleich kommen.

Ich lasse meiner Lust deshalb im wahrsten Sinne des Wortes freien Lauf, sprich: Ich lasse meinen Orgasmus kommen und spritze Ute mein Sperma zwischen die Titten. Ute schreit vor Geilheit laut auf, als sie meine Sahne an ihren Brüsten spürt. Das ist der Moment, in dem auch sie kommt. Ihr Unterleib beginnt zu zucken, Ute schreit laut „Jaaa!!!" und beißt mir dabei auf den Mittelfinger, der noch immer in ihrem Mund steckt.

Ich steige von meiner Sekretärin herunter, denn ich will nun sehen, wie sie sich meine Fickmilch mit ihren Händen in ihre Titten einmassiert.

„Los, Fickstück, reib dir meinen Kleister in jede einzelne Pore deiner Titten ein!"

Ute befolgt den Befehl sofort. Mit ihren

geschmeidigen Händen verschmiert sie mein Sperma quer über beide Brüste, ihre Nippel inklusive. Sie massiert meine Sahne tief in ihre Melonen ein und es sieht mega-geil aus, wie sich ihre Titten dabei bewegen.

Ach, was hab ich doch für eine bezaubernde Sekretärin. Sie sieht extrem gut aus und sie gehorcht aufs Wort, wenn ich ihr Befehle erteile. Sie tut alles, was ich von ihr verlange, und sie erfüllt auch die Wünsche potenzieller Geschäftspartner. So und nicht anders muss sich eine gute Sekretärin verhalten!

Versautes Schulmädchen

Hi, mein Name ist Leonie. Ich gehe in die 13. Klasse des Goethe-Gymnasiums bei uns in der Stadt. Ich stehe kurz vorm Abitur, bin aber schon 21 (bin leider zweimal sitzengeblieben), mache nebenher gerade meinen Führerschein und treffe mich gern mit Jungs, die wie ich 21 oder etwas älter sind. Nicht um mit ihnen ins Kino zu gehen oder zuhause Fernsehen zu gucken oder so, sondern weil ich eine versaute kleine Göre bin. Ich bin 1,63 Meter groß, schlank und hab lange blonde Haare. Die Jungs sagen alle, dass ich total geil aussehe. Tu ich auch, klar, ich treibe schließlich regelmäßig Sport, pflege meinen Körper, schminke mich und trag immer die neuesten Klamotten. (Wenn ich welche trage, lach!). Ja, ich bin echt eine kleine versaute Schlampe, deshalb lauf ich, wenn ich mich mit Jungs treffe, auch am liebsten nur im String-Tanga oder ganz nackt rum. Ich finde Sex total geil und brauche ihn möglichst oft. Das ist der Grund, warum ich mich so gern mit den Jungs treffe. Ich liebe es, von ihnen gefickt zu werden. Neulich hab ich zehn Jungs auf einmal zu mir nach Hause eingeladen und mich von ihnen so richtig nageln lassen. Ich hab gesagt: „Jungs, macht mit mir was ihr wollt,

Hauptsache, ihr nehmt mich ordentlich hart ran!" Das haben die zehn jungen Kerle dann auch nach Kräften getan. Du willst wissen, wie das abgelaufen ist? Prima, ich hab nämlich Lust, es dir zu erzählen. Los geht's!

Es war an einem Samstagabend. Meine Eltern waren übers Wochenende verreist und ich hatte zu Hause sturmfreie Bude. Ich beschloss, es mir an diesem Abend so richtig besorgen zu lassen, weshalb ich Max, Kevin, Lasse, Felix, Rico, Torben, Berkan, Özkan, Akif und Sergej zu mir einlud. Einige von ihnen gehören meinem Abi-Jahrgang an und sind wie ich zweimal sitzengeblieben, andere gehen auf die Berufsschule und lernen Handwerksberufe. Alle sind voller Energie und lieben es, zu ficken. Als ich ihnen zuflüsterte, dass meine Eltern nicht da sind und ich eine Sex-Orgie plane, waren sie alle sofort Feuer und Flamme. Ich hatte schon für viele Jungs, die 21 oder 22 waren, die Beine breit gemacht, aber noch nicht für diese zehn heißen Typen, die ebenfalls genau in diesem Alter waren. Sie hatten bislang andere Girls gefickt. Es war höchste Zeit, dass sie endlich mich nageln sollten. Und sie hatten alle verdammt viel Lust drauf. Zwischen 19.30 und 20.00 Uhr trafen sie nacheinander bei mir zuhause ein.

Ich öffnete jedem fast nackt die Tür. Das Einzige, was ich anhatte, war ein hauchdünner String-Tanga, sonst nichts. Die Jungs kriegten alle riesige Augen und ihre Hosen fingen an sich auszubeulen und sie konnten nicht anders, als mir sofort auf die Titten zu starren. Ist wohl so angeboren bei Männern, dass sie frau immer als Erstes auf die Möpse glotzen müssen. Danach wanderten ihre Blicke sofort an mir runter und jeder versuchte dabei, seinen Kopf seitlich an mir vorbei zu schieben, um meinen Hintern zu Gesicht zu bekommen. Jungs sind echt so scharf auf Ärsche, das hatte ich anfangs nie geglaubt, dann aber schnell gemerkt, dass es doch so ist.

Ich selbst besaß nur ein schmales Bett. Klar konnte man darin ficken, aber ein breiteres Bett fand ich besser, weshalb wir ins Schlafzimmer meiner Eltern gingen. Da stand ein Ehebett und ich wollte, dass die zehn Jungs mich darin ficken. Einer nach dem anderen!

Der erste, den ich an mich ranließ, war Kevin. Kräftiger Typ, 1,80 Meter groß. Kevin zog sich aus und ich riss mir den Tanga vom Leib. Als Kevin sich die Shorts runterzog, kam sofort sein strammer Kolben zum Vorschein. Lang und hart, aber nicht dick war das Teil. Ein schmales, dafür aber knallhartes Teil. In meiner Fotze wurde es feucht. Beim Anblick von Kevins Kolben fing mir der Mösensaft an zu laufen. Ich legte mich rücklings aufs Bett meiner Eltern, machte die Beine breit und sagte zu Kevin: „Los, besorg's mir!"

Kevin kam sofort zur Sache. Er rammte mir seinen

harten Pimmel in die Spalte und fickte mich, dass meine Fotze zu glühen begann. Mann, hatte der Kerl ein Stoßtempo drauf! So rasant hatte mich noch nie ein Kerl gefickt, es war absolut geil und meine Fotze produzierte literweise Saft, der mir aus der Spalte triefte und das Bettlaken meiner Eltern vollsiffte. Leider kam Kevin recht schnell, dafür aber schön heftig: Sein Sack war groß, er hatte dicke Eier und was er bis eben noch da drin gehabt hatte, war alles andere als wenig! Kevin war eine echte Sperma-Schleuder und er spritzte seine komplette Sahne tief in meine Fotze rein, wo sie sich mit meinem Mösensaft vermischte. Ein super Fick, kurz aber heftig, extrem glitschig und nass!

Gleich danach ließ ich Lasse ran. Lasse hatte ebenfalls einen schlanken Pimmel, er war im Gegensatz zu Kevins Schwanz allerdings etwas kürzer. Das machte aber nichts, denn Lasse wusste, wie er seinen steifen Freund in meiner Fotze hin und her bewegen musste. Wobei er das nur recht kurz tat, denn er hatte viel mehr Bock, mir seinen Samen in meinen Mund zu spritzen. Deshalb zog er seinen Pimmel wieder raus aus meiner Fotze, kam weiter über mich und steckte ihn mir in den Mund. Leute, ich sag euch, das Teil schmeckte verdammt gut. Lasse hatte sich untenrum anscheinend etwas länger nicht mehr gewaschen, weshalb sein Pimmel stark roch und intensiv nach extremer Geilheit schmeckte. Und natürlich auch nach meinem Mösensaft. Ich leckte seinen Schwanz und sog an ihm und Lasse drückte mir seine volle Ladung Milch in den Mund! Ich schluckte alles artig runter, wie es sich für eine versaute Göre gehört!

Als nächstes hatte ich Lust auf einen Türken. Ich sagte Özkan, dass ich Bock auf seinen Pimmel hatte. Ein Riesenteil, das sah so was von geil aus! Ich beschloss, das Ding erstmal in den Mund zu nehmen. Ich stand vom Bett auf, ging auf Özkan zu, kniete mich vor ihm hin und nahm seinen türkischen Kolben in meine Schnute. Super lecker, sag ich euch, und mega-steif! Özkan genoss es total, dass ich ihm einen blies, aber ich konnte ihn nicht zum Orgasmus bringen, denn Özkan befahl mir, mich wieder aufs Bett zu legen und die Beine breit zu machen. Ich legte mich also hin und er rammte mir seinen Dödel tief in die Fotze. Da tobte er sich dann so richtig aus. Er fickte mich extrem hart, so dass es wehtat, aber ich stand in diesem Moment total auf den Schmerz und wollte, dass er mir sein Sperma in die Fotze schießt, so wie am Anfang Kevin es auch getan hatte. Bei Özkan dauerte es allerdings deutlich länger, bis er kam. Der Typ hatte an dem Abend ein extremes Stehvermögen und mega viel Ausdauer. Ich glaube, er fickte mich 20 Minuten lang, bis er endlich kam und ich seine Sahne in mir spürte!

Kerl Nummer vier an dem Abend war Felix. Ein extrem schlanker Typ und 1,90 Meter groß. Sehr sportlich und top-fit. Bloß leider wollte er mir nicht die Möse ficken, obwohl ich ihn extremst darum anflehte. Er fand es geiler, mir einen Tittenfick zu bescheren. „Na gut", sagte ich, „dann fick mir eben meine Titten, aber wehe, du spritzt mir nicht genug Milch zwischen die Melonen! Ich will, dass es ordentlich klebt zwischen meinen Möpsen!" Zum Glück war nicht nur Felix ein langer Typ, sondern auch sein Sack war lang. Ja, er hatte keine dicken, sondern lange Eier. Was jedoch keinen Unterschied machte, denn egal wie Hoden auch geformt sein mögen: Wenn das Volumen stimmt, passt viel rein! Und alles, was Felix da drin hatte, spritzte er mir mit Schwung zwischen meine Möpse. Mega-geil, wie herrlich das klebte! Er massierte meine kompletten Titten damit, rieb meine Nippel mit seiner Sahne ein – ich war obenrum anschließend total verklebt und das fühlte sich einfach nur geil und versaut an!

Nach Felix drängelte sich Berkan an mich ran. Also wieder ein Türke. Berkan wollte mir in den Arsch ficken. Er forderte mich auf, dass ich mich vor ihm hinkniete und ihm meinen Hintern präsentierte. Ich schmierte mir eine Ladung Mösensaft an meine Hand und ölte damit Berkans Schwanz ein. Ganz schön dick war das Teil übrigens! Diesen dicken, öligen Schwanz rammte er mir, während er mir mit den Händen die Arschbacken spreizte, in die Ritze, direkt auf meine geile Rosette zu, die es gar nicht erwarten konnte, von seiner Eichel durchstoßen zu werden. Berkan ging grob vor: Anstatt erst ein paarmal an meiner Rosette anzuklopfen und sie empfänglich für seinen Schwanz zu machen, stieß er seine dicke Eichel und Teile seines Schafts ohne Vorwarnung direkt durch sie hindurch. Ich schrie vor Schmerz laut auf, ließ ihn jedoch weitermachen, denn dieser Schmerz, er war geil und machte mich noch schärfer als ich eh schon war. Hart, schnell und schmerzhaft wurde sein gesamter Fick in meinen Arsch, doch der Schmerz war so geil, dass ich ihn wimmernd anflehte, unbedingt so weiterzumachen. Vorn lief mir unterdessen der Saft fast schon literweise aus der Möse – inzwischen war nicht nur das Laken meiner Eltern klatschnass, sondern auch die Matratze war total vollgesifft. Ich fasste mir an meinen Kitzler und war gerade dabei zu kommen, als plötzlich auch Berkan heftigst in mir kam! Wow, so eine riesige Ladung Sperma hatte mir noch nie ein Mann in den Arsch geblasen!

Ich war voll in Fahrt und wollte es jetzt von Sergej, dem Russen, besorgt kriegen. Dazu musste ich mich wieder auf den Rücken legen und die Beine so weit es ging auseinanderspreizen. Sergej machte das total an, er guckte mir erstmal tief in die Spalte rein, ging mit seinem Kopf runter, leckte mich da unten und brachte mich allein damit schon fast zum nächsten Orgasmus. Dann aber kam er über mich und startete einen Fick, wie kein anderer der Jungs ihn hinbekam. Das lag daran, dass Sergej ein mega-langes, ultra-hartes Rohr hatte. Er rammte das Ding so tief in mich rein, dass es mir so vorkam, als würde sein Pimmel gleich hinten aus meinem Arschloch wieder rauskommen. Ganz so lang war sein Rohr dann aber zum Glück doch nicht, denn wäre es das gewesen, dann wäre sein Samen ja nicht in mir drin gelandet, sondern hinten raus ins Laken meiner Eltern gespritzt. So jedoch blieb sein Sperma in mir drin. Gut so, denn ich wollte, dass die Jungs mich so stark einsamen, dass ich nachher literweise Sperma in mir hatte!

Als nächstes war Rico dran. So geil dieser Name auch war, Rico selbst war alles andere als ein attraktiver Typ. Rico war klein und sehr fett, er wusch sich nur selten und stank erbärmlich nach Schweiß. Aber genau das verstärkte meine Geilheit noch weiter, denn es war so eklig und vulgär, dass eine Schlampe wie ich es einfach gut finden musste. Ich ließ den dreckigen Rico also an mich ran und er fickte mir erst die Fotze und dann meinen Mund. Ja, ich presste die Lippen meines Mundes eng zusammen, damit es sich für Rico schön intensiv anfühlte. Es dauerte keine zwei Minuten, da kam der Stinker so heftig in mir, dass mir seine Milch direkt bis nach hinten in die Kehle schoss! Er rief: „Los, schluck's runter!" und ich tat mit Freude, was er von mir verlangte!

Max und Torben beschlossen, mich gleichzeitig zu ficken. Die beiden waren um die 1,85 Meter groß und hatten stylishe Haarschnitte mit viel Gel in den Haaren. Zwei coole Typen, die mich sandwichmäßig zwischen sich nahmen: Max lag mit dem Rücken auf der Matratze, ich lag mit meinem Bauch auf seinem, Torben lag mit seinem Bauch auf meinem Rücken. Sie starteten gleichzeitig und ich genoss es total: Max fickte mir die Fotze, Torben fickte meinen Arsch. Ich lag wie die Fleichbulette zwischen den beiden Jungs und hatte keine Chance, ihnen zu entweichen. Wollte ich aber auch nicht. Dass Max nach meinem Tanga griff und ihn mir wie einen Knebel in den Mund stopfte, fand ich zwar eklig, weil ich ihn schon seit zwei Tagen trug, aber natürlich war gerade das auch total geil: meine eigenen Ausflüsse und Absonderungen zu schmecken und aus dem String herauszusaugen, das hatte schon etwas extrem Vulgäres und kurbelte die Saft-Produktion unten in meiner Spalte gleich noch weiter an. Sehr zur Freude von Max übrigens, der mich mit seinem harten Rohr heftigst da unten fickte. Und ein hartes Rohr hatte auch Torben. Das rammte er unentwegt in meinem Arsch vor und zurück. Er hatte es mir längst durch die Rosette geschoben und war kurz davor, mir sein Sperma in den Darm zu schießen, als zunächst Max vorn in meiner Möse kam und mir seine Fickmilch in die Fotze spritzte. Es war mega-geil, unmittelbar danach Torbens weiße Soße durchs Arschloch in den Darm gespritzt zu kriegen. Mann, was war ich inzwischen mit Sperma von den Jungs vollgepumpt worden!

Jetzt fehlte nur noch Akif. Also nochmal ein Türke zum Schluss. Er fand, dass ich bereits genug Sperma in meiner Fotze, meinem Arsch, meinem Mund und auf meinen Titten hatte. „So", fragte ich ihn, „und wo willst du mir deine Milch hinspritzen?" „Na wo wohl?", lachte Akif und sagte grinsend: „Überleg doch mal, was noch fehlt!". Ich wusste zuerst wirklich nicht, was er meinte, aber als er es mir verriet, bekam ich vor Freude leuchtende Augen: „Ich mach dir dein Gesicht nass!", rief er und befahl mir, dass ich mich vor ihm auf die Bettkante setzte. Ich tat, was er wollte. Akif stellte sich vor mir hin und forderte: „Wichs mir meinen Schwanz!" Okay, dachte ich, dann wichs ich ihm eben seinen Schwanz. Wieder so ein großes geiles Teil übrigens. Ich spuckte mir in beide Hände, dann nahm ich sein bestes Stück und begann, es sowohl mit der rechten als auch mit der linken Hand zu wichsen. Akif war extrem geil drauf, er stöhnte laut und rief immer wieder irgendwelche türkischsprachigen Sätze, die ich nicht verstand. Und so verstand ich auch nicht, dass er, als ich ihn seit ungefähr zehn Minuten ausgiebig wichste, etwas rief, was auf Deutsch „Ich komme!" hieß. Berkan und Özkan lachten im Hintergrund, denn sie wussten, was jetzt passiert. Ich aber wusste es nicht, denn ich verstand ja kein Türkisch und deshalb kam der Moment, als Akif mir seine Samen-Ladung mit voller Wucht ins Gesicht spritzte, für mich völlig unerwartet. Ich zuckte zusammen, wich mit meinem Kopf kurz zurück, streckte ihm mein Gesicht aber sofort wieder frontal entgegen, denn ich wollte seine Wichse ja auf Nase, Mund, Wangen und Kinn kriegen. Zum Glück kamen aus Akifs Eichelspitze noch mehrere Schübe Sperma herausgeschossen, so dass er mir das komplette Gesicht einsamte. Ja, es war sogar so viel Sperma, das er da gerade in mein Gesicht schleuderte, dass es mir das Kinn hinablief und mir runter auf meine Titten tropfte!

Echt Leute, dieser Abend war für mich extrem geil! Und für die zehn Jungs natürlich auch! Wir tranken nach dieser Orgie alle zusammen nackt noch eine Flasche Wodka leer, die Sergej mitgebracht hatte, dann zogen sich die Jungs an und fuhren nach Hause. Ich ging zurück ins Schlafzimmer meiner Eltern, zog das nasse Laken ab und sah mir die Flecken in der Matratze an, die bislang stets top-sauber gewesen war. Egal, lachte ich, ließ die Flecken drin und zog einfach ein neues Laken drüber! Da werden eh noch mehr Flecken dazukommen, denn wenn meine Eltern das nächste Mal nicht da sind und ich wieder sturmfreie Bude habe, lade ich die zehn Jungs garantiert wieder zu einer Sex-Orgie ein. Vielleicht nehm ich sogar noch ein paar weitere Jungs mit dazu. Den 21-jährigen Andi zum Beispiel oder den

22-jährigen Matthias. Die haben garantiert auch geile Schwänze und die will ich unbedingt auch mal in mir drin haben!!!

Der Callboy und die Millionärsgattin

Kann man(n) als Callboy Geld verdienen? Diese Frage stellte ich – mein Name ist Andreas – mir, als es in meinem Portemonnaie und auf meinem Bankkonto mal wieder äußerst mau aussah. Ich könnte es ja mal ausprobieren, sagte ich mir und griff nach der Wochenzeitung. Ich schlug den Kleinanzeigenteil auf. Nein, ich schaltete dort bislang keine eigenen Anzeigen. Aber ich wusste, dass gelegentlich Frauen dort Kontaktanzeigen schalten, mit welchen sie nach heißen Typen für eine noch viel heißere Nacht suchten. So war es auch in der aktuellen Ausgabe. Ich las die Anzeige einer liebeshungrigen Frau und rief sie an. Sie meldete sich nach dreimaligen Klingeln:

„Hallo?"

„Hallo, ich habe gerade deine Anzeige in der Zeitung gelesen", sagte ich zu der Frau, die laut Inserat 44 Jahre alt war und sich nach einer feurigen Liebesnacht mit einem gut gebauten Mann in ihrem Alter sehnte.

„Die mit dem Sideboard-Angebot oder die mit... na du weißt vielleicht, welche ich außerdem noch geschaltet habe...?"

„Du willst ein Sideboard verkaufen?"

„Ja, will ich! Na, daraus schließe ich, dass du die Sideboard-Anzeige wohl noch gar nicht gesehen hast und dich stattdessen auf die andere Annonce beziehst."

„Ja, das tu ich. Ich rufe an, weil ich deine Liebesnacht-Anzeige gelesen habe."

„So, so", antwortete die Dame mit kecker Stimme. „Und du meinst, du bist der Richtige für so etwas?"

„Na ja", sagte ich, „ich bin zumindest halbwegs in deinem Alter, schlank, gut aussehend, topfit und..."

Da unterbrach sie mich: „Was meinst du mit: halbwegs in meinem Alter?"

„Ich meine, dass ich 42 bin. Also zwei Jahre jünger als du. Ich hoffe, das stellt kein Problem dar."

„Keineswegs. 42 ist gut. Und was meinst du mit topfit?"

„Nun, ich schleppe täglich Kisten im Supermarkt, wo ich arbeite. Ich hab kräftige Oberarme und ein Sixpack, keinen Bierbauch wie viele andere Männer."

„Aha. Und sonst ist auch alles topfit an dir?"

„Du meinst Kondition, Gesundheit und so weiter?"

„Ich meine dein bestes Stück!"

Hatte ich richtig gehört? Falls ja, ging die Lady aber ganz schön offensiv zur Sache.

„Du meinst meinen P..."

„Ich meine deinen Schwanz! Den und nichts anderes! Ist er dick, groß und lang? Hart wie ein Knüppel, wenn du geil bist? Stoßkräftig wie ein Presslufthammer, wenn du eine Frau fickst? Das will ich wissen. Und ob du anständige Eier hast! Also groß und voll mit Unmengen an Sperma. Falls irgendetwas davon nicht der Fall sein sollte, brauchst du mir gar nicht in die Wohnung zu kommen. Ich will nur echte Kerle mit fetten Schwänzen und prallen Eiern!"

Wow, dachte ich, die Frau war aber knallhart. Ihr Motto schien „Alles oder nichts" zu lauten, halbe Sachen schienen für sie nicht infrage zu kommen. Konnte diese Frau ganz richtig im Kopf sein? Oder war sie irgendwie liebeskrank, sexsüchtig oder was auch immer? In diesem Moment war ich mir sicher, dass sie sofort auflegen würde, wenn ich ihr mit meinem Versuch, Geld zu verlangen, käme.

Ich wollte es wissen. Es war ein Test, ich hatte nichts zu verlieren. Mehr als auflegen konnte die gierige Lady nicht und auch ich würde jederzeit auflegen können, sollte sie mir nicht ganz richtig im Kopf erscheinen. Ich sagte: „Mein Schwanz und meine Eier erfüllen alle genannten Voraussetzungen. Ich habe nur eine einzige Bedingung..."

„So", schoss es blitzschnell durchs Telefon, „und die wäre?"

„Du zahlst mir für die Nacht 100 Euro."

Klack. Da hatte sie aufgelegt.

Okay, das war wohl nichts, sagte ich und war ein bisschen enttäuscht, dass sich die forsche Dame nicht auf meine Forderung eingelassen hatte.

Irgendwie wurmte mich das. Wieso hatte sie Nein gesagt, wo sie doch so geil zu sein schien, wo sie doch so heiß auf einen großen Schwanz und dicke Eier war. Ich meine, damit konnte längst nicht jeder Mann aufwarten. Mein Schwanz aber war tatsächlich ein riesiges Prachtstück und meine Eier waren so groß, dass sie zwischen meinen Beinen weit hinabbaumelten und hin- und herschaukelten, wenn ich nackt durch meine Wohnung lief.

Ich beschloss, die Nummer dieser Frau ein weiteres Mal anzuwählen. Ich drückte deshalb auf Wahlwiederholung und ließ es erneut bei ihr klingeln.

Diesmal hob sie bereits nach dem zweiten Klingeln ab:

„Was willst du noch?", giftete sie mich an.

„Für dich nur 50 Euro", rief ich in den Hörer und ließ es so klingen, als würde ich regelmäßig Sex gegen Bezahlung anbieten.

„Na gut, aber dann trägst du gefälligst einen schwarzen Leder-String!"

„Wie bitte? Ich trage... was?", entfuhr es mir.

„Hab ich was mit der Aussprache oder bist du taub?", fauchte sie in den Hörer. „Ich sagte: Dann trägst du gefälligst einen schwarzen Leder-String! Hast du mich jetzt verstanden?"

„Einen schwarzen Leder-String, verstanden."

Die Frau schien wirklich total durchgeknallt zu sein. Aber das war mir in diesem Moment egal. Ich wollte das jetzt einfach machen: Sex anbieten und Geld dafür nehmen! Wie eine Nutte! Also, ich meine, eine männliche Nutte. Ein Callboy."

Wir vereinbarten Datum, Ort und Uhrzeit und ich versprach ihr, wie gewünscht einen schwarzen Leder-String (zunächst natürlich unter meiner Jeans, die würde ich erst bei ihr in der Wohnung ausziehen) zu tragen. Die Frage, die sich mir im nächsten Moment stellte, war bloß: Wo um alles in der Welt sollte ich einen schwarzen Leder-String herbekommen?

Nachdem ich aufgelegt hatte, musste ich mich erst einmal auf dem Sofa zurücklehnen. Was war da bitte schön gerade passiert? Was hatte ich getan? Was hatte die Frau getan? Was hatten wir beide gerade getan? Wir hatten uns... ja, wir hatten uns tatsächlich zum Sex verabredet. Und ich nahm Geld dafür. Scheiße, dachte ich, jetzt bin ich eine männliche Nutte. Ich bin ein Callboy, einer, der es den Frauen gegen Kohle besorgt. Und der zu allem Überfluss auch noch im schwarzen Leder-String vor ihnen – na ja, im Moment war es zum Glück erst mal nur eine – auftrat. Wie peinlich war das denn? Ein Kerl im String-Tanga? Noch dazu aus Leder!

Bis zum vereinbarten Termin war es zum Glück noch ein paar Tage hin. Zeit genug, in einem Online-Shop einen schwarzen String aus Leder zu bestellen. Der Versandhändler versprach im Kleingedruckten, seine Ware in neutraler Verpackung zu versenden. Gut so, dachte ich, der Postbote muss ja nicht unbedingt mitbekommen, was ich mir da gerade ins Haus bestellte.

Der String kam einen Tag vor meinem Termin mit der 44-jährigen Frau an, über die ich außer ihrem Alter so gut wie nichts wusste. Okay, sie hatte mir gesagt, dass sie Marleen hieß, aber ob das stimmte? Keine Ahnung. Vielleicht hatte sie sich diesen Vornamen bloß ausgedacht, um ihre wahre Identität nicht preisgeben zu müssen. Da wir verabredet hatten, uns in einem Stundenhotel zu treffen, hatte ich ihre Wohnanschrift nicht erfahren. Hinfahren und nachsehen, welcher Name an ihrer Türklingel steht, diese Möglichkeit hatte ich also schon mal nicht. Ich gebe allerdings zu, dass es mich auch gar nicht sonderlich interessierte, ob Marleen nun ihr richtiger Name war oder nicht. Zumal ich selber ebenfalls geflunkert hatte: Ich hatte mich ihr gegenüber am Telefon als Michael ausgegeben, dabei hieß ich in Wahrheit Andreas. Sicher ist sicher, hatte ich mir gesagt, bloß nicht zu viel über mich selbst verraten, nachher wird mir das womöglich noch in irgendeiner Form zum Verhängnis!

Was wusste ich sonst alles nicht über diese Frau? Ich überlegte. Ob sie tatsächlich 44 Jahre alt war, wusste ich zum Beispiel nicht. Vielleicht war sie auch erst Anfang 30 – oder vielleicht ging sie bereits auf die 50 zu. War sie Single? Oder hatte sie womöglich einen Mann, der sich gerade auf Dienstreise befand? Und mit wie vielen Kerlen hatte sie sich auf diesem Wege – also über eine Kontaktanzeige in der Zeitung – bereits getroffen? Und warum der Leder-String? Stand sie auf Leder? Würde sie selber ebenfalls Lederklamotten tragen? Oder so Lack-Sachen? War sie eine Lack-und-Leder-Fetischisten, stand sie eventuell sogar auf Sado-Maso-Praktiken?

Ich gebe zu, ich war aufgeregt. Die Aufregung stieg, je näher der Termin rückte. Als der Tag endlich da war und die Uhr 20.30 Uhr zeigte, ich also los musste, weil wir uns zu um 21 Uhr in dem Hotel verabredet hatten, ging mir ganz schön die Muffe, wie man so schön sagt. Ich zog meine Jeans aus, streifte mir meine Unterhose vom Körper und zog den Leder-String an. Boah, wie sich das anfühlte, als sich das enge Lederband in meine Arschritze hineinzog. Verdammt eng, das Teil, dachte ich, aber so musste das wohl sein. Auch vornherum lag alles hauteng an. Eng umschloss das Leder meinen Schwanz und meine Eier. Beides, Penis und Sack, zeichnete sich eins zu eins ab. Jetzt bloß keinen Steifen kriegen, dachte ich, denn in dem engen Teil war es unmöglich, dass mein bestes Stück sich hätte ausdehnen können. Ich zog die Jeans wieder über, entschied mich, schnell noch das T-Shirt zu wechseln – ich hatte, nachdem ich gegen 19 Uhr geduscht hatte, erst einmal das bereits benutzte Shirt wieder angezogen, wollte aber nun doch lieber ein frisches tragen –, dann verließ ich meine Wohnung und machte mich via U-Bahn auf den Weg in das Hotel.

Wir hatten ausgemacht, dass wir uns draußen vorm Hoteleingang treffen und dass jeder von uns beiden eine Sonnenbrille auf dem Kopf (im Haar, nicht vor den Augen) trägt. Insofern erkannten wir uns sofort. Sie wartete bereits, als ich ankam. Zu meinem Erstaunen sah sie verdammt gut aus. Natürlich hatten wir uns vorher auch kurz gegenseitig beschrieben, wie wir aussehen. Ich hatte gesagt, dass ich braune, kurze Haare habe, dazu einen Drei-Tage-Bart, sie hatte gesagt, dass sie langes blondes Haar hat. Aber ganz ehrlich: So wie sie sich am Telefon gegeben hatte, diese direkten Fragen nach meinem Schwanz und nach meinen Eiern, das hatte mich vermuten lassen, dass sie billig wirken würde. Ich hatte angenommen, sie sei so eine asoziale Tussi, wie man sie aus den diversen Trash-Fernsehsendungen kennt. Doch was ich stattdessen vor dem Hotel stehen und dort auf mich warten sah, war genau das Gegenteil: Sie war eine bildhübsche, gepflegte

Frau. Mein erster Gedanke, als ich sie sah war: Die sieht ja aus wie eine Millionärsgattin! Edler, enger, schwarzer Mini-Rock, feine, weiße Bluse, schwarze Strumpfhose, High Heels. Braune Augen mit langen Wimpern, sonnengebräunte Haut und dazu die langen blonden Haare mitsamt riesiger Sonnenbrille darin (wahrscheinlich ein irre teures Teil).

War sie vielleicht genau das? Die gelangweilte Ehefrau eines stinkreichen Millionärs, der sich irgendwo in der weiten Welt auf Dienstreise befand, womöglich gar mit seiner attraktiven, 20 Jahre jüngeren Sekretärin im Schlepptau? Ja, so musste es sein. So wie diese hübsche Frau aussah und wie sie gekleidet war, konnte es sich nur um eine Millionärsgattin handeln!

Mein Herz fing an zu rasen. Diese feine, edle Frau wollte sich mit mir treffen? Ich mochte es kaum glauben. Noch viel weniger allerdings wagte ich zu glauben, dass diese Lady es gewesen war, die mir am Telefon mit so vulgären Fragen gekommen war.

Ich nahm allen Mut zusammen und ging auf sie zu. Ich sagte leise „Hallo", sie antwortete hart und direkt: „Und? Eier gut gefüllt?"
Ich schluckte. Sie war es eindeutig. „Ähm... ja", stammelte ich.

„Eier rasiert?", fragte sie ebenso direkt.

„Nein, hätte ich das tun sollen?"

„Holen wir nach", sagte sie nur.

„Holen wir nach?"

Wir gingen ins Hotel, ließen uns den Zimmerschlüssel geben – Zimmer 9 war unseres – und verschwanden dorthin.

Kaum im Zimmer angekommen, riss sie sich selbst in Windeseile sämtliche Kleidungsstücke vom Leib und ließ diese einfach auf den Teppichboden fallen.

„Worauf wartest du? Mach dich nackt!", rief sie mir zu.

Etwas zögerlich tat ich, was sie von mir verlangte. Lediglich den schwarzen Leder-String behielt ich an, denn ich ging davon aus, dass er ihr etwas bedeuten würde, dass sie ihn in irgendeiner Form ins Liebesspiel einbauen würde – anderenfalls hätte sie ja gewiss nicht bestimmt, dass ich solch ein Teil tragen sollte.

Erst in diesem Moment wurde mir klar, wie bescheuert es aussah, dass ich einen String trug, mich untenrum aber nicht rasiert hatte. Überall an den Rändern sprießten meine Schamhaare hervor. Aber sich am Schwanz und an den Eiern rasieren? Ich gebe ja zu, dass ich schon so manchen Pornofilm gesehen hatte und da waren die Männer fast immer – wie die Frauen natürlich auch – im Schritt rasiert. Ich fand das allerdings immer abstoßend, wenn Männer so daherkamen. Für mich mussten Frauen unten rasiert sein, Männer aber hatten dort Haare zu haben – alles andere fand ich unmännlich. Genau so unmännlich wie übrigens wie diesen Leder-String, den ich tragen musste.

„String runter, Eier rasieren!", befahl sie mir.

„Ich hab aber keinen Rasierer dabei", antwortete ich und sah sie dabei glaube ich ziemlich dumm an.

„Aber ich. Leg dich aufs Bett, ich rasier' dich jetzt!"

Sie meinte es tatsächlich ernst, denn kaum hatte ich mich rücklings aufs Bett fallenlassen, packte sie einen Rasierer und eine Dose Rasierschaum aus. Sie sprühte mir den kalten, weißen Schaum zwischen die Beine und legte sofort los. Mir war das peinlich.

Was ich ihr nicht gestand, war, dass es sich geil anfühlte. Na gut, ich musste es ihr auch nicht in Worten gestehen, denn dass mich das Gefühl, das sich mir gerade bot, antörnte, war nicht zu übersehen: Mein Schwanz, der voller Rasierschaum klebte, richtete sich auf und streckte sich Marleen oder wie auch immer diese Millionärsgattin wirklich hieß in voller Pracht entgegen.

„Geiles Teil", sagte sie und fasste sich mit ihrem rechten Zeigefinger an die Muschi. „Meine Möse ist auch schon ganz scharf!", rief sie mir zu. „So scharf wie die Rasierklinge!"

Sie kniete übrigens gerade neben dem Bett auf dem Teppich und hatte ihren Oberkörper von der Seite über die Matratze gebeugt. Ihr Kopf war nah an meinem Schwanz, während sie mich rasierte.

Sie warf den Rasierer beiseite, obwohl sie mich erst oberhalb meines Schwanzes von meinen Schamhaaren befreiten hatte. Meine Sackhaare dagegen waren allesamt noch dran und ich war noch überall im Schritt voller Rasierschaum. Ihr schien das jedoch komplett egal zu sein. Sie stand auf, kletterte aufs Bett und mit einem Bein über mich drüber. Als ihre Möse sich genau über meinem Schwanz befand, ließ sie sich mit ihrem geilen Arsch fallen und ihre nasse Fotze stülpte sich in Null-Komma-Nichts über meinen Schwanz. Wow, ich war drin in ihr!

Ihre Möse war so nass, dass sie sofort und ohne Widerstand meinen harten Schwanz umschloss. Mann, musste diese Marleen notgeil sein, dachte ich, wie sonst konnte es angehen, dass sie bereits so feucht geworden war, wo sie mich doch bislang nur rasiert hatte? Oder war sie vielleicht sogar schon vorher feucht? Auf dem Weg zum Hotel? Ich wusste es nicht, es war mir in diesem Moment auch völlig egal. Ich war ihn ihr drin, sie saß auf mir drauf, fing an, mich zu reiten, und ich hatte den perfekten Blick auf ihre prallen, riesigen Brüste.

Sie hatte einen echten Porno-Busen und ich überlegte,

ob ihre Titten wohl echt oder aus Silikon waren. Zwei riesige Melonen, das hatte ich bereits wahrgenommen, als sie draußen vorm Hotel noch in der Bluse steckten. Jetzt sah ich diese Prachtstücke und ich wusste, es waren die geilsten Titten, die ich jemals live und in Farbe erlebt hatte. Mein Schwanz begann in Marleen zu pochen.

„Warum sollte ich einen schwarzen Leder-String anziehen?", fragte ich sie direkt. „Soll ich den gleich noch mal wieder anziehen?"

„Nimm ihn in die Hand und reib ihn an meinen Titten!", rief sie als Antwort nur.

Diese Frau musste echt 'ne Klatsche haben, dachte ich. Hat wahrscheinlich zehnmal so viele Pornos wie ich geguckt und will nun Dinge nachmachen, die sie da gesehen hat.

Ich streckte meinen rechten Arm aus und griff nach dem Leder-String, der neben dem Bett auf dem Teppich lag. Wie sie es wünschte, fing ich an, damit an ihren Brüsten zu reiben.

Sie ritt derweil weiter auf mir herum und beschleunigte jetzt das Tempo.

Ich fing an zu stöhnen, denn der Ritt und dazu der Anblick dieser geilen Frau hatten mich so scharf gemacht wie ich es schon lange nicht mehr war.

„Gib ihn mir!", rief sie mit einem Mal.

„Den String?", fragte ich.

„Was denn sonst!?", rief sie.

Ich hielt ihr den String hin, sie griff mit der rechten Hand danach, dann stopfte sie sich das lederne Teil in den Mund und fing an, darauf herumzulutschen.

Ach du Scheiße, dachte ich, die tickt ja wirklich nicht richtig!

Sie ritt weiter und antwortete nicht. Wäre wahrscheinlich auch schwierig gewesen, mit dem String im Mund.

Sie beugte ihren Oberkörper leicht nach vorn, legte beide Hände auf meine Brust. Sie ritt mich jetzt nicht nur schnell, sondern auch extrem heftig, ihr Arsch flog geradezu auf und ab und ich musste aufpassen, dass mein Schwanz, so prall und lang er auch gerade war, nicht aus ihrer Fotze herausglitt.

Da plötzlich geschah es: Sie spuckte mir den String auf die Brust, griff nach ihm und stopfte ihn mir zwischen die Zähne. Ich erschrak, bekam große Augen. Doch ich sollte noch viel mehr erschrecken: Während ihr geiler Arsch weiter auf und ab flog und ihre Melonen vor meinem Gesicht hin- und herschleuderten, packte sie ihre Hand zurück auf meine Brust. Sofort und ohne Vorwarnung fing sie an, mir mit den Fingernägeln die Brust blutig zu kratzen. Ich schrie vor Schmerz laut auf.

Sie antwortete nur: „Halt's Maul!"

Dann kratzte sie mir auch noch das Gesicht blutig, mir kamen vor Schmerz die Tränen, doch auch das war ihr völlig egal. Es tat höllisch war, war aber gleichzeitig extrem geil, wie sie mich verletzte.

Sie beschleunigte ein weiteres Mal den Takt, ihr Arsch und ihre Fotze schossen auf und ab, mein Schwanz tief in ihr drin glühte und drohte zu explodieren. Marleen schrie laut und grell auf, ja sie erlebte gerade ihren Orgasmus, sie ohrfeigte mein blutiges Gesicht, drückte mir nun auch noch ihre rechte Handfläche auf meinen ohnehin schon mit dem String gestopften Mund – da kam schließlich auch ich heftig und mein Sperma ergoss sich tief in sie hinein. Mir war nach Schreien zumute, aber ich stieß nur einen dumpfen Laut aus – mehr war infolge des Strings und ihrer Hand nicht möglich. Meine Brust und vor allem mein Gesicht schmerzten noch immer aufs Heftigste, Blut lief mir das Gesicht und den Oberkörper hinunter, und dennoch war es ein saugeiler Orgasmus, den ich da gerade erlebte!

Nachdem wir beide so tierisch geil gekommen waren, nahm sie die Hand von meinem Mund und zog den String aus ihm raus.

Sie stieg von mir ab und dann tat sie etwas, womit ich im Leben nicht gerechnet hätte: Sie zog sich anstatt ihres Slips meinen String an (was natürlich völlig bescheuert aussah, da es ja ein vorn ausgebeulter Herren-String war), dann kleidete sie sich mit dem Rest ihrer Klamotten wieder fein ein. Sie war kaum damit fertig, da warf sie mir ihr verklebtes Höschen (sie musste also tatsächlich schon auf dem Weg zum Hotel feucht gewesen sein) ins Gesicht und rief: „Schenk' ich dir."

Dann packte sie Rasierer und Schaumdose zurück in ihre Handtasche, zog einen 50-Euro-Schein aus der Tasche und ließ ihn auf den Fußboden fallen. Sie öffnete die Tür, verschwand ohne etwas zu sagen aus dem Hotelzimmer und war für immer verschwunden...

Ich lag noch immer nackt auf dem Bett und war total perplex. Was bitte schön war das gerade für ein schräges Sex-Date gewesen? Erschöpft und völlig durcheinander im Kopf stand ich auf, dabei fiel mir Marleens Slip aus dem Gesicht. Ich sah an mir herab: Im Schritt war ich nun teilrasiert, an meinem Schwanz klebte Marleens geiler Mösensaft, an meinen Eiern noch immer etwas Rasierschaum. Ich zog ein Taschentuch aus meiner Jeans und wischte mir den Sack ab. Dann zog ich mich an, verließ das Hotelzimmer und fuhr mit der U-Bahn zurück nach Hause. Marleens Slip nahm ich mit – als Erinnerung an den bisher verrücktesten Fick meines Lebens.

Zu Hause angekommen, dachte ich noch eine ganze Weile über den schrägen Abend nach. Ich hatte Sex mit einer völlig durchgeknallten Frau in einem Stundenhotel gehabt. Die irre Tussi ist kurz nach ihrem

Orgasmus einfach abgehauen, ihren Slip hat sie mir als Geschenk dagelassen. Ich hatte Verletzungen im Gesicht und auf der Brust. Meine Kollegen im Supermarkt würden mich, wenn ich das nächste Mal Kisten schleppen müsste, fragen, wo die fiesen Kratzer in meiner Visage herkämen. Ich würde antworten, dass ich eine Katze von einem Baum gerettet habe und diese mich dabei mit ihren Krallen zu zerfleischen versucht hat. Das stimmte zwar nicht, aber ich fand es deutlich besser, als ihnen die Wahrheit zu erzählen. Mir selbst gestand ich ein, dass ich das Gekratze der Frau als echt geil empfunden hatte – natürlich tat es immer noch weh und na klar sah mein Gesicht, sah auch meine Brust echt geschunden aus, aber von der Tussi beim Sex derart gekratzt und verletzt zu werden, das hatte etwas verdammt Antörnendes; hätte sie es nicht getan, wäre ich gewiss nicht ganz so explosiv gekommen. Gerade dieser Orgasmus war jedoch einer der geilsten Höhepunkte, die ich je erlebt hatte. Tja, und dann dachte ich natürlich auch noch daran, dass diese verrückte Frau mir für die Nummer im Stundenhotel tatsächlich 50 Euro gezahlt hatte. Es klappte also: Frauen schienen bereit zu sein, mich für Sex zu bezahlen. Das weckte in mir die Lust, es in den folgenden Tagen noch einmal zu probieren...

Heimlicher Wunsch

Lisa-Marie war eine bildhübsche Frau. 30 Jahre alt, schulterlange, braune Haare, 1,75 Meter groß, sehr lange Beine. Von Beruf war sie Bankerin. Seit einem Jahr führte sie eine Beziehung mit Jan, einem drei Jahre älteren Arbeitskollegen. Die beiden unternahmen viel miteinander, besuchten Theater und Kunstausstellungen, sahen sich gemeinsam Kinofilme an – und erlebten anschließend hoch-erotische Nächte. Dabei probierten sie vieles aus. Es gab mittlerweile kaum eine Stellung, die die Zwei noch nicht gewagt hatten. Lisa-Marie mochte vor allem die '69', dabei war meist sie oben und genoss es, wie Jan von unten mit der Zunge ihre Muschi leckte. Sie lutschte derweil stets höchst genüsslich auf seinem großen, dicken Schwanz herum, knabberte an seiner prallen Eichel und liebte es ganz besonders, die kleinen Tropfen abzulecken, die dann und wann aus seiner Spitze herausquollen.

Nur eines... eines hatte sie sich bislang nicht getraut – dabei wollte sie genau das so gern einmal ausprobieren...

Es war diese eine Fantasie, die Lisa-Marie immer wieder durch den Kopf ging. Warum, wusste sie nicht.

Sie wusste nur, dass sie es unbedingt mal machen wollte. Nicht, um Jan zu erniedrigen. Sondern, weil sie ihm alles von sich geben wollte...

Vielleicht würde es fünf Sekunden dauern (wenn sie vorher auf Toilette war), vielleicht würde es zehn oder mehr Sekunden dauern (wenn sie vorher nicht auf dem Klo war und viel getrunken hatte)...

Ja, sie verspürte diese große Lust in sich, es zu tun – die Lust, ihrem Freund Jan, wenn er unter ihr liegen und an ihrer Muschi lecken würde, ins Gesicht zu pinkeln!

Sie hätte sich nicht getraut, es ihm zu sagen, wenn die beiden nicht zufällig eines Abends vorm Sex in einem Porno-Heftchen geblättert und ein Foto gesehen hätten, in der ein Mann seiner Partnerin gerade auf die Brust urinierte.

„Igitt, das ist ja abartig!", hatte Jan daraufhin gerufen. „Sieh' dir das an, Schatz: Der Typ pinkelt seiner Freundin auf den Busen!"

Daraufhin hatte Lisa-Marie es sich getraut und Jan ihren bis dahin geheimen Wunsch gebeichtet: „Ich möchte dich auch mal anpinkeln."

Jan, normalerweise in punkto Sex alles andere als prüde, hatte sie mit großen Augen angestarrt und geantwortet: „Du willst was?"

„Du hast richtig verstanden: Ich möchte dich anpinkeln!"

„Wieso das denn?"

„Weil ich dir all meine Säfte schenken will und weil mich das geil macht. Ich will über dir hocken, du sollst an meiner Muschi lecken und dabei möchte ich dir von oben ins Gesicht pullern!"

„Wir versauen uns die Matratze!"

„Dann lass' es uns doch im Freien machen!"

„Du hast Ideen..."

„Was ist, machst du mit? Bitte, Jan! Nur ein einziges Mal!"

„Gib' mir fünf Minuten, um darüber nachzudenken..."

* * *

Jan würde alles für seine Freundin tun. Lisa-Marie wusste das und deshalb ging sie auch davon aus, dass er ihr ihren Wunsch nicht abschlagen würde. Tatsächlich sagte Jan „Ja" – und so kam es, dass die beiden am Nachmittag darauf zum Baggersee fuhren, sich in eine Ecke schlichen, in der sie niemand beobachten konnte, einander auszogen und sich zu lieben begannen.

Jan rekelte sich in dem weichen Gras und schaute genüsslich zu, wie Lisa-Marie über ihn kletterte und sofort begann, mit der rechten Hand sein Glied zu kneten. Es dauerte nur ein paar Sekunden, da war sein Schwanz hart und ragte senkrecht in die Höhe. Lisa-Marie beugte ihren Kopf hinunter und begann zu saugen. Sie biss gerade das erste Mal zaghaft in seine Eichel, da merkte sie, wie Jan begann, sie an ihrer Muschi zu lecken. Als er dann auch noch anfing, mit den Lippen seines Mundes an ihren Schamlippen zu saugen, wurde Lisa-Marie richtig geil. Ja, sie liebte die '69' wirklich sehr.

Sie rieb mit der Hand seinen Schaft, saugte an seiner Eichel, ließ ihre Zunge über die Spitze gleiten – und während sie das tat, leckte Jan Lisa-Maries gesamten Schambereich ab und freute sich, dass ihr Muschisaft so gut schmeckte.

Jan verwöhnte Lisa-Marie so stark, dass sie bereits kurz davor war zu kommen. Vor ihrem Höhepunkt wollte sie es jedoch ausprobieren: Sie drückte ordentlich, woraufhin ihr Urin mit kräftigem Strahl aus ihr herausschoss und Jan ins Gesicht spritzte!

Jan schrie auf, schüttelte seinen Kopf – was für eine Ladung da aus Lisa-Marie herauskam!

Lisa-Maries Strahl nahm kein Ende. Sie hatte viel getrunken vorher, und deshalb pinkelte und pinkelte und pinkelte sie Jan immer weiter ins Gesicht. Dabei wurde sie immer geiler, sie spuckte Jans Schwanz aus, stieß helle Lustschreie aus, und zwar so laut, dass es fast die anderen Baggersee-Besucher gehört hätten. Jan schüttelte noch immer seinen Kopf. Dann fing allmählich jedoch auch er an, ihr Pinkeln zu genießen. Er hörte auf, seinen Kopf hin- und herzubewegen, öffnete den Mund und Lisa-Marie pinkelte ihm direkt hinein. Jan ließ sich ihren Urin schmecken, er trank so lange, bis ihr Strahl abebbte und schließlich nur noch ein paar letzte Tropfen aus ihr herauskamen. Natürlich ließ er auch diese noch in seinen Rachen fallen.

Jan wollte Lisa-Marie gerade sagen, wie gut ihm ihr Sekt geschmeckt hatte, da sprang sie auf, drehte sich, setzte sich mit Schwung auf sein noch immer steifes

Glied und begann, auf ihm zu reiten wie ein Cowboy auf seinem Pferd. Lisa-Marie ritt so heftig auf Jan, dass ihnen beiden fast schwindelig wurde. Dabei kam Jan zu einem herrlichen Orgasmus, sein Sperma spritze weit in sie hinein – und auch Lisa-Marie erlebte einen Höhepunkt, der so geil war, dass ihre Möse noch Minuten später heftig zuckte.

* * *

„Komm', lass uns in den See gehen und baden", sagte Lisa-Marie etwas später zu Jan. Die beiden standen auf und rannten ins Wasser.

Dort fragte Lisa-Marie ihren Freund: „Wollen wir morgen wieder herkommen und es noch einmal machen?"

„Möchtest du das denn?"

„Oh ja, bitte! Aber dann sollst du zur Abwechslung mir ins Gesicht pinkeln! Ich möchte nämlich auch mal Sekt trinken!"

„Einverstanden", sagte Jan, „aber wollen wir damit wirklich bis morgen warten?"

„Du meinst...", grinste Lisa-Marie.

„Genau das meine ich!", lachte Jan, schwamm um sie herum und stupste sie unter Wasser an – mit seinem Schwanz, der gerade wieder steif wurde...

Frau Schmidt, die heiße MILF-Lehrerin

Sommer, Sonne, Strand – hurra, wir machen eine Klassenfahrt! Wir sind der Abschlussjahrgang des Gymnasiums, 13. Jahrgangsstufe. Es geht an die Ostsee, zwei Lehrkräfte begleiten uns: Herr Meyer und Frau Schmidt. Wir sind um die 50 Schülerinnen und Schüler. Maik, Lenny und ich – mein Name ist Kevin – sind die Sitzenbleiber. Jeder von uns ist zweimal sitzengeblieben, weshalb wir alle bereits 21 sind. Fünf Tage lang werden wir unterwegs sein. Fünf Tage, an denen wir viel Spaß am Strand haben werden, aber leider müssen wir uns auch Museen angucken. Egal, wir versuchen, nicht drüber nachzudenken.

Schon während der Busfahrt in Richtung Ostsee machen wir Drei heimlich Witze über unsere Lehrerin. „Frau Schmidt, die alte MILF", flüstert Maik mir ins Ohr, „wie alt ist sie eigentlich genau?"

„Keine Ahnung", sage ich und frage Lenny: „Ey, Kumpel, weißt du, wie alt Frau Schmidt ist?"

Lenny weiß es tatsächlich: „Frau Schmidt ist 43 und damit im besten MILF-Alter! Sie könnte vom Alter her unsere Mutter sein!"

Ich flüstere meinen beiden Kumpels zu: „Aber sie sieht

noch verdammt jung aus! Ganz ehrlich: Die geht gut und gerne für 35 durch!"

„Ja, Frau Schmidt hat sich gut gehalten!", lacht Maik. Dann flüstert er: „Ob sie wohl auch gut im Bett ist?"

„Kannst es ja herausfinden!", lachen Lenny und ich.

Da antwortet Maik zu unserem Erstaunen: „Gute Idee, das mach ich! Aber nur, wenn ihr mitmacht!"

„Wie bitte?!", rufe ich. „Du willst echt versuchen, dich an Frau Schmidt ranzumachen?"

„Klar!", lacht Maik. „Warum denn nicht? Manche MILFs sollen es ja echt drauf haben! Hat von euch schon mal jemand eine MILF gefickt? Ich gebe zu: Ich hab's bislang noch nicht getan."

„Also, ich nicht", antworte ich.

Und Lenny sagt: „Ich auch nicht. Ich steh eigentlich eher auf Girls in meinem Alter."

„Ich auch", sage ich.

„Ach, habt euch nicht so", flüstert Maik. „Ich geb ja zu, dass ich eigentlich auch nur auf Girls stehe, die in meinem Alter sind, aber irgendwann will doch jeder Mal Sex mit 'ner heißen MILF haben, oder etwa nicht? Und ich finde, Frau Schmidt sieht echt klasse aus für ihr Alter. Und außerdem ist sie unsere Paukerin! Ey, Leute, stellt euch das doch nur mal vor: Wir hätten Sex mit unserer Lehrerin! Wie geil wäre das denn?!"

„Genau, dann muss sie mal machen, was wir wollen und nicht umgekehrt. Normalerweise gibt sie immer uns Hausaufgaben, jetzt geben wir zur Abwechslung mal ihr ein paar Aufgaben. Zum Beispiel, uns die Schwänze zu lecken!", flüstert Lenny und muss dreckig lachen, als der den letzten Satz zu Ende gesprochen hat.

„Geile Idee!", sage ich und wir Drei sind uns einig: Wir werden die Klassenfahrt nutzen, um Frau Schmidt flachzulegen!

Maik, Lenny und ich teilen uns ein Zimmer in der Herberge. Wir packen unsere Koffer aus und dann geht's mit der ganzen Jahrgangsstufe und beiden Lehrkräften an den Strand. Wir mieten etliche Strandkörbe und machen es uns darin bequem. Allerdings nur die nächsten drei Stunden lang, denn danach müssen wir ein Meereskunde-Museum besuchen. Weder Lenny noch Maik noch mich interessiert das, aber es hilft nichts, wir müssen mit und uns den ganzen Kram anschauen.

Abends in der Herberge gibt's Schnitzel mit Kartoffeln für alle. Zwar hätten wir lieber Pommes zum Fleisch, aber was soll's - es gibt eben nur Kartoffeln. Egal. Alkohol ist verboten, obwohl alle Anwesenden volljährig sind. Also trinken wir Wasser und Tee.

Maik, Lenny und ich sind froh, als wir dem Essen fertig sind. Wir haben natürlich heimlich Alkohol mit in die Herberge geschmuggelt. Wir verziehen uns auf unser

Zimmer und zischen uns jeder ein paar Bier rein. Als es gegen 22 Uhr an unserer Tür klopft, gehen wir davon aus, dass es irgendwelche Mitschüler sind, weshalb wir unseren Alkohol nicht verstecken. Doch wie der Zufall es will: Es ist ausgerechnet Frau Schmidt, die uns beim Biertrinken ertappt. Sie will jedem „Gute Nacht" sagen, weshalb sie von Zimmer zu Zimmer geht.

„Hey Jungs, hab ich es mir doch gedacht, dass ihr Drei euch Alkohol mit in die Herberge schmuggelt. Ihr drei Sitzenbleiber habt schon immer heimlich zu jedem Ausflug Alkohol mitgenommen, warum sollte es ausgerechnet dieses Mal anders sein?"

„Sorry, Frau Schmidt, aber wir trinken halt gern mal ein Bier...", sage ich.

„Schwamm drüber, ich hab nichts gesehen!", sagt Frau Schmidt.

So was nenne ich mal anständig. Wir trinken Bier – und sie verpfeift uns nicht. Dafür müssten wir uns eigentlich bei ihr bedanken. Ich grinse meine Kumpel Maik und Lenny an und die beiden grinsen zurück. Wir sind uns einig: „Jetzt oder nie!"

„Frau Schmidt, wie wär's, wo sie uns nun schon beim Biertrinken erwischt haben, könnten sie doch eigentlich ein Fläschchen mittrinken!"

„Ich... ähm..." Frau Schmidt kichert. „Jungs, das geht eigentlich nicht. Als Lehrkraft darf ich keinen Tropfen Alkohol trinken."

„Ach, Frau Schmidt", sagt Lenny, „Sie haben nicht gesehen, dass wir etwas trinken – also sehen wir auch nicht, wenn Sie etwas trinken!"

„Versprecht ihr das?", fragt Frau Schmidt.

„Wir versprechen es Ihnen!", antworten Maik, Lenny und ich gleichzeitig.

„Na gut, aber nur ein einziges Bierchen!", kichert Frau Schmidt.

Ich öffne eine Flasche und reiche sie ihr. Wir stoßen mit Frau Schmidt an und unsere Lehrerin lässt sich ihr Bier schmecken.

„Jungs, Jungs, Jungs, wenn das einer wüsste!", kichert Frau Schmidt.

„Es weiß aber niemand", antworten wir und ehe Frau Schmidt es sich versieht, reicht Maik ihr ein Glas Wodka.

„Bitte schön", Frau Schmidt, „auf einem Bein steht man schlecht!", grinst Maik, der ebenfalls ein Wodka-Glas in der Hand hält. Er stößt mit ihr an und Frau Schmidt sagt kichernd: „Jungs, ihr bringt mich in Teufels Küche!"

„Wir sind ja bei Ihnen", lacht Lenny und gießt sich ebenfalls ein Glas Wodka ein. Ich mache das Gleiche, so dass nun jeder von uns ein Glas mit Wodka in seinen Händen hält.

„Prost, Frau Schmidt!", rufen wir Drei.

Kichernd führt Frau Schmidt ihr Wodka-Glas an den

Mund und beginnt zu trinken.

Ich glaube, niemand von uns hätte gedacht, dass Frau Schmidt sich von uns sogar noch ein zweites und ein drittes Wodka-Glas andrehen lässt. Aber sie nimmt die Gläser gern und vor allem: Sie genießt es, so viel Wodka zu trinken. Und wir Drei? Wir trinken selbstverständlich ebenfalls so viel Wodka!

Die Stimmung wird immer fröhlicher und irgendwann passiert es: Maik greift Frau Schmidt an die Bluse und öffnet den obersten Knopf.

Da kichert Frau Schmidt lautstark durchs Zimmer: „Aber Maik, was tust du denn da?! Du Schelm, du!"

Maik grinst seine Lehrerin an und öffnet ihr sogleich auch noch den zweiten Knopf der Bluse. Da kichert Frau Schmidt noch lauter und ruft: „Maik, du frecher Bengel! Bedenke, ich bin deine Lehrerin!"

„Das ist es ja gerade, was ich so geil daran finde!", lacht Maik.

„Aber Maik, ich bin doch viel zu alt für dich!"

Wieder lacht Maik und sagt: „Auch das ist es, was ich so geil finde!"

Da nähert sich mit einem Mal auch Lenny seiner Lehrerin und greift ihr in die nun ein Stück geöffnete Bluse: „Wissen Sie eigentlich, dass Sie viel jünger aussehen als Sie in Wirklichkeit sind?", fragt er.

wie wir es noch nie bei unserer Lehrerin gesehen haben. Dann ruft Frau Schmidt mit einem Mal: „Jungs, ihr macht eure Lehrerin ja ganz wuschig!"

„Das wollen wir ja auch!", rufen wir Drei gleichzeitig.

Ich öffne den Hosenknopf von Frau Schmidts Jeans sowie anschließend den Reißverschluss. Dann ziehe ich Frau Schmidt die Hose bis zu den Knien runter. Als ich damit fertig bin, streiche ich mit meinen Fingern über ihren Slip, bevor ich meiner Lehrerin auch diesen die Oberschenkel hinab bis zu den Knien ziehe. Maik, Lenny und ich starren gebannt auf Frau Schmidts Möse: Die alte MILF ist untenrum blitzblank rasiert und ihre Fotze sieht alles andere als alt aus. Im Gegenteil: Unsere Lehrerin hat sich auch im Schritt bestens gehalten!

„Jungs, jetzt habt ihr mich aber echt total scharf gemacht!", gackert Frau Schmidt, steht auf und reißt sich sämtliche Klamotten vom Leib. „So, Jungs, bitte schön, das ist es doch, was ihr sehen wollt, oder?! Jetzt müsst ihr mich aber auch ein bisschen verwöhnen, ihr süßen frechen Burschen!"

„Das machen wir doch gern!", ruft Maik und fängt an, Frau Schmidt die Melonen zu kneten.

Frau Schmidt genießt es, wie Maik ihr die Möpse knetet. Dann jedoch springt sie vom Stuhl auf, rennt zu meinem Bett hinüber und lässt sich rücklings drauffallen. „Jungs, so ist es viel gemütlicher!", gackert sie.

Maik, Lenny und ich ziehen uns ebenfalls komplett aus, dann setzt sich Maik neben Frau Schmidt aufs Bett, beugt sich mit dem Kopf zu ihren Titten hinab, knetet sie ein weiteres Mal und zusätzlich küsst er ihr nun die Knospen.

Lenny unterdessen geht vor der Bettkante in die Hocke. Er fasst Frau Schmidt an die Beine, spreizt sie, versenkt seinen Kopf in ihrem Schritt und beginnt, ihr die Möse zu lecken.

Und was tue ich? Genau: Ich wichse mir kurz meinen Schwanz auf volle Größe, dann klettere ich seitlich über Frau Schmidts Kopf und lasse meinen Schwanz von oben sanft in den Mund meiner Lehrerin gleiten.

Frau Schmidt gackert, wobei man es kaum noch als ein Gackern identifizieren kann, da ich ihren Mund ja mit meinem Schwanz ausgefüllt habe. Dann wird aus ihrem Gackern mehr und mehr ein Stöhnen. Wir merken, wie unsere Lehrerin sich komplett entspannt und es genießt, sich von uns verwöhnen zu lassen. Und das tun wir wirklich bestens: Maik knetet weiter Frau Schmidts Brüste und küsst ihre Nippel, Lenny leckt Frau Schmidt die Möse und ich schiebe meinen Schwanz gefühlvoll in ihrem Mund vor und zurück.

Je mehr Zeit verstreicht, desto lauter stöhnt Frau Schmidt und desto mehr fallen wir Drei über sie her: Lenny steht auf, er legt Frau Schmidts Beine über seine Schultern und anstatt ihr die Pussy zu lecken, schiebt er ihr seinen Schwanz in die Spalte hinein und fängt an, ihr die Fotze zu ficken.

Maik ist längst nicht mehr nur mit seinen Händen an Frau Schmidts Melonen zugange, sondern er schiebt ihr nun seinen Schwanz zwischen die Brüste, presst die Möpse unserer Lehrerin eng gegen seinen Kolben und fickt ihr so die Titten.

Und ich habe aufgehört, zart und gefühlvoll mit meinem Schwanz Frau Schmidts Mund zu verwöhnen – stattdessen ramme ich mein Rohr jetzt mit Schwung in ihrer Mundhöhle vor und zurück.

Frau Schmidt genießt es total, von drei jungen Schwänzen gleichzeitig gefickt zu werden – Lennys Schwanz fickt ihre Fotze, Maiks Schwanz fickt ihre Titten und mein Schwanz fickt ihren Mund.

Fehlt eigentlich nur noch... genau: Es gibt in unserem Jahrgang noch einen Jungen, der wie wir bereits 21 ist. Der heißt Andi, ist zwar nur einmal sitzengeblieben, aber er hat ein Jahr in den USA verbracht und deshalb ein Jahr die deutsche Schule ausgesetzt. Da ich weiß, dass er in punkto Sex nichts anbrennen lässt, greife ich, während ich weiter meinen Schwanz in Frau Schmidts Mund vor- und zurückstoße, nach meinem auf dem Bett liegenden Handy und schicke eine SMS ins Nachbarzimmer, wo Andi mit zwei anderen Jungs wohnt: „Andi, komm rüber, wir ficken Frau Schmidt. Uns fehlt noch ein Schwanz für ihren Arsch!"

Keine zehn Sekunden später geht die Tür auf und Andi kommt hereingestürmt. Er schaut mit lüsternem Blick auf unsere fröhliche Fick-Orgie und ruft: „Frau Schmidt, na Sie sind mir ja eine! Was ist, möchten Sie von mir auch verwöhnt werden?"

Frau Schmidt, die nicht antworten kann, weil sie meinen Schwanz in ihrem Mund hat, nickt heftig, was ein klares „Ja!" bedeutet. Andi reißt sich seine Klamotten vom Körper und kommt zu uns ans Bett. Lenny, der Frau Schmidt noch immer die Möse fickt, fasst unserer Lehrerin unter den Hintern und hebe sie an. Maik und ich heben unterdessen ihren Oberkörper an.

„Los, Andi, kriech unter sie drunter. Leg dich auf den Rücken und dann lassen wir sie wieder abwärts gleiten. Viel Spaß beim Arschficken!"

Wir machen es wie besprochen. Während wir unsere Lehrerin zu dritt anheben und sie dabei weiter mit unseren drei Schwänzen ficken, krabbelt Andi rücklings unter Frau Schmidt drunter. Dann lassen wir unsere Lehrerin wieder runter. Andi, der natürlich längst einen steifen Schwanz hat und diesen gerade noch vorm Runterlassen von Frau Schmidts Körper mit viel Spucke angefeuchtet hat, spürt, wie sein Kolben sich von unten hinauf in Frau Schmidts Arschritze schiebt. Er hat reichlich Spucke draufgemacht, weshalb seine Eichel und Teile seines Schafts in Null-Komma-Nichts durch

Frau Schmidts Rosette hindurchgleiten. Andi schnauft unter seiner Lehrerin vor Lust und Erregung.

Frau Schmidt unterdessen stöhnt inzwischen so laut, dass wir Angst haben, man könnte es in den Nachbarzimmern hören. Was, wenn Herr Meyer es hört? Oh nein, bloß das nicht!

Unsere Sorgen sind unbegründet, denn die Wände sind für eine Herberge erstaunlich dick und entsprechend schalldicht.

Und so ficken wir Frau Schmidt also ordentlich weiter – jetzt sogar zu viert: Mein Schwanz fickt noch immer ihren Mund, Maiks Schwanz fickt Frau Schmidts Titten, Lennys Schwanz fickt ihre Fotze und Andis Schwanz fickt ihr den Arsch und die Rosette!

„Frau Schmidt, Frau Schmidt! Was sind sie bloß für eine geile, versaute MILF!", rufe ich.

Unsere Lehrerin nickt mit dem Kopf und stöhnt kräftigst weiter. Sie ist absolut geil und genießt es total, jetzt sogar von vier und nicht mehr nur von drei jungen Schwänzen gefickt zu werden!

Wir genießen es, Frau Schmidt dabei zuzusehen, wie sie sich von uns so intensiv durchficken lässt. Und wir genießen es auch zu beobachten, wie sie ihre rechte Hand an ihre Klitoris heranführt und sich die Perle massiert. Da wird aus ihrem Stöhnen mit einem Mal ein Schreien und plötzlich zuckt es von ihrer Fotze bis hinab zu ihren Füßen sowie bis hinauf zu ihrem Kopf.

Frau Schmidt kommt heftig, ihr Orgasmus lässt ihren gesamten Körper erzittern!

Nach und nach kommen schließlich auch wir: Lenny ergießt sich tief hinein in Frau Schmidts klitschnasse Fotze, Maik spritzt ihr sein Sperma zwischen die Brüste, ich schieße ihr mehrere Schübe Sahne in die Mundhöhle und Andi füllt ihr mit seiner Fickmilch den Darm!

Frau Schmidt stöhnt und schreit und ist vor Ekstase am ganzen Körper nassgeschwitzt. Maik, Kevin, Andi und ich lassen die letzten Sperma-Reste aus unseren Schwanzspitzen tropfen, dann ziehen wir unsere Kolben aus Frau Schmidts Löchern raus und loben unsere Lehrerin: „Frau Schmidt, Sie sind die geilste MILF auf Erden! Schade, dass wir in Kürze Abi machen und Sie dann nicht mehr unsere Lehrerin sein werden – wir hätten so gern noch weitere Klassenfahrten mit Ihnen unternommen!"

Erschöpft, aber glücklich kichert Frau Schmidt: „Kein Problem, Jungs, ihr dürft mich auch gern mal bei mir zuhause besuchen!"

„Das werden wir tun, Frau Schmidt – garantiert!", sage ich und meine drei Kumpel nicken heftig mit den Köpfen.

Ich hol mir einen runter

Jetzt folgt die Geschichte „Mach dich nackt!". Dies ist Teil 1.

Nein, das sind keine schönen Tage im Moment. Seit Tagen schon hocke ich allein in meiner Wohnung herum, weil mich eine fürchterliche Grippe plagt. Mein Hausarzt hat mich krankgeschrieben und mir Bettruhe verordnet. Aber was soll ich bloß den ganzen Tag im Bett tun? Rund um die Uhr schlafen? Sorry, das kann ich nicht. Bücher lesen? Hab ich gemacht. Drei ungelesene Krimis hatte ich noch im Bücherregal stehen, jetzt hab ich alle drei Bücher durch. Fernsehen? Nun ja, das hab ich probiert. Aber was da den ganzen Tag über für ein Mist läuft... nein, das halte ich nicht aus. Ich hab mich mehrfach durch sämtliche Kanäle durchgezappt, aber nichts konnte mich begeistern. So liege ich nun also da und habe Langeweile. Fürchterliche Langeweile. Ach so, ich hab euch noch gar nicht gesagt, wer ich bin: Mein Name ist Andreas, 31 Jahre alt, Single.

Vor lauter Langeweile ziehe ich mir meine Shorts runter und beginne, an meinem Schwanz zu spielen. Wenn ich schon hier allein im Bett verharren muss, dann will ich wenigstens ein kleines bisschen Spaß haben. Ich umfasse mein Glied und beginne, es zu reiben. Wie gewohnt, richtet sich mein Penis schnell auf. Steif und groß wird er, die Vorhaut gleitet zurück und meine Eichel kommt zum Vorschein. Ich schiebe die Decke beiseite, damit ich mein Prachtstück sehen kann.

Ich reibe und streichele den Schaft meines Schwanzes, umfasse zwischendurch mit der Handinnenfläche meine Eichel. Sie fühlt sich warm an. Auch meinen Hodensack beziehe ich mit ein, ich fahre mit den Fingern an ihm entlang, umfasse ihn, ziehe ihn ein wenig in die Länge. Es fühlt sich gut an.

So ist das eben, wenn man krank und Single ist. Da muss man eben selbst Hand anlegen, um ein paar schöne Gefühle zu erleben. Ich nehme die zweite Hand dazu, wichse mit der rechten meinen Schwanz, während ich mit der linken meine Hoden knete. Den Mittelfinger der linken Hand führe ich an meinen Damm heran. Ich bewege den Finger hin und her, streichele meinen Damm und führe den Finger weiter an meinen Anus. Während ich mich so vielfältig verwöhne – die rechte Hand am Schaft, die linke Hand an den Eiern, der linke Mittelfinger am Anus – komme ich. Sperma quillt aus der Spitze meiner Eichel und läuft mir den Schaft und die rechte Hand hinab. Ein Gefühl der Erleichterung und Zufriedenheit breitet sich in mir aus. Kurz darauf schlafe ich ein und verfalle in einen intensiven Traum: Ich träume, wie eine junge, 21-jährige Studentin mit langen blonden Haaren auf mich zukommt. Sie trägt einen kurzen Rock und ich möchte gern sehen, wie es darunter aussieht.

Geiler Fick mit einer jungen Studentin

Dies ist Teil 2 der Geschichte „Mach dich nackt!".

Die 21-jährige Studentin, die mir im Traum begegnet, mit Vornamen Lisa heißt und so einen wunderbar kurzen Rock trägt, ist eine bezaubernde Schönheit. Bereits jetzt erregt sie mich, dabei ist sie noch bekleidet. Ich will mehr von ihr sehen, deshalb fordere ich sie auf: „Mach dich nackt!"

Die blonde Schönheit tut, was ich mir wünsche: Sie zieht sich vor mir aus. Mehr als den Rock muss sie untenherum nicht ablegen, denn ein Höschen trägt sie nicht. Ich erblicke daher, kaum dass sie sich den Rock vom Leib gestreift hat, sofort ihre süße Muschi. Blitzblank rasiert ist sie, was für ein erregender Anblick! Lisa kommt auf mich zugelaufen, sie schmiegt ihren nackten Körper an meinen, während ich im Bett liege. Ein paar Sekunden später liegt sie auf mir drauf und es fühlt sich wunderschön an, ihre glatte Haut zu spüren. Lisa riecht gut und sie beginnt, mich zu küssen.

Es sind heiße Zungenküsse, die sie und ich austauschen. Ihre Zunge versinkt tief in meinem Mund, meine Zunge wiederum befindet sich tief in ihrem.

Unsere Zungen umstreichen einander gegenseitig und ich genieße dabei den Duft von Lisas Parfüm.

Ich spüre, wie mein Glied erneut steif wird. Mein Schwanz versucht sich aufzurichten, was jedoch nicht so recht gelingen will, da Lisa auf ihm liegt. Als sie merkt, dass er groß werden möchte, führt sie ihre Beine etwas auseinander, woraufhin sich mein Penis nach oben ausstreckt. Direkt hinter Lisas Lustbereich. Mein harter Schaft berührt ihre Schamlippen und ich spüre Feuchte. Lisa ist erregt, in ihrer Vagina hat sich erster Saft gebildet, der nun aus ihr herausquillt und Teile meines Schafts benetzt. Es fühlt sich herrlich an, dies zu spüren.

Lisa möchte meinen Schwanz sehen, weshalb sie mit dem Küssen aufhört und sich neben mich im Schneidersitz aufs Bett setzt.

„Was für einen schönen, großen Schwanz du hast", säuselt sie und umfasst mein bestes Stück mit beiden Händen. Zart und gefühlvoll fängt sie an, meinen Penis zu streicheln. Mein Glied wird dabei noch größer und heißer. Meine Eichel färbt sich dunkelrot.

Lisa streichelt meinen Schwanz so zärtlich, wie es wohl nur so eine junge Frau kann. Ihre Hände sind so zart und glatt, sie sind so geschmeidig, dass es ein Hochgenuss ist, sie an meinem Schaft zu spüren. Ich genieße es, wie Lisa ihre Handinnenflächen an meinen Glied auf- und abführt. Sie streichelt meinen Schaft intensiv und knetet zwischendurch meine Eichel. Dann und wann fährt sie mit ihren Handflächen hinab zu meinem Hodensack und streichelt auch diesen.

Das Genusserlebnis wird noch intensiver, als Lisa neben mir auf die Knie geht, ihren Kopf nach unten an meinen Schwanz heranführt und diesen mit ihrem Mund in sich aufnimmt. Lustvoll beginnt sie, mit ihren Lippen an meinem Schaft auf- und abzufahren. Mit ihrer Zunge leckt sie meinen Schaft und meine Eichel. Ihr warmer Speichel läuft an meinem Schaft hinab. Ich schaue zu Lisa, sehe wie sie mich anlächelt. Ihre langen blonden Haare hängen lasziv herab, ebenso wie ihre süßen, jungen Brüste, deren Nippel, wie ich sehe, vor Erregung bereits ganz hart geworden sind.

Es ist ein wunderbarer Blowjob, den Lisa mir in diesem Moment beschert. Sie versteht es, so zu blasen, dass ich gefühlt im siebten Himmel schwebe. Lusttropfen quellen aus der Spitze meiner Eichel heraus. Lisa leckt sie mit ihrer Zunge ab und genießt den Geschmack meiner feuchten Vorfreude.

Ich strecke meine Arme aus und greife mit den Händen nach Lisas Haaren. Ich führe sie über ihrem Kopf zu einem Dutt zusammen, den ich mit der rechten Hand festhalte. Mit der linken Hand umfasse ich Lisas Kopf. Ich beginne, ihren Kopf zu bewegen: Mit der linken Hand drücke ich ihn hinunter, woraufhin mein Schwanz noch tiefer in Lisas Mund eindringt; mit der rechten Hand an ihrem Dutt ziehe ich ihren Kopf wieder in die Höhe. Immer wieder mache ich es so und erhöhe dabei mehr und mehr das Tempo.

Lisa gerät in höchste Erregung. Sie stöhnt, will etwas rufen, doch ich kann es nicht verstehen. Mit meinem Schwanz in ihrem Mund kann sie nicht sprechen.

„Alles okay?", frage ich.

„Mmmm!!!", ruft Lisa und nickt dabei.

Ich bewege ihren Kopf noch schneller auf und ab. Mein Schwanz befindet sich abwechselnd mal nur mit der Eichel, mal komplett und bis fast zum Hals in Lisas Mundhöhle. Ich sehe, wie Lisa ihre rechte Hand an ihre feuchte Möse führt und an ihrer Klitoris zu spielen beginnt. Ja, sie streichelt ihre Perle, sie massiert sie, knetet sie. Lisas Versuche, vor Lust laut aufzuschreien, scheitern daran, dass ich weiterhin mein Schwanz in ihrem Mund befindet.

Ich genieße den Anblick, den mir diese junge, hübsche Studentin bietet. Ihr süßer Kopf über meinem Schwanz, ihre großen, blauen Augen, die vor Lust funkeln. Dazu ihre zarten, herabhängenden Brüste, ihre glatte Haut und ihr nach hinten ausgestreckter, knackiger Po.

Lisa ist noch immer dabei, ihre Klitoris zu verwöhnen, als sich in mir ein Orgasmus aufzubauen beginnt. Auch ich bin am Stöhnen und ich rufe Lisa zu: „Ich komme gleich!"

„Mmmm!!!", jubelt sie ein weiteres Mal und gibt mir

damit zu verstehen, dass sie bereit ist, meinen Samen in ihrem Mund zu empfangen.

Ich lasse meiner Lust freien Lauf, entspanne mich und spüre, wie mir das Sperma von innen den Penis hinausschießt, um unmittelbar darauf aus der Spitze meiner Eichel herauszuspritzen und Lisas Mundhöhle zu füllen.

In diesem Moment kommt auch Lisa. Ihr gesamter Körper zuckt, sie gibt ekstatische Laute von sich und schluckt im selben Moment genüsslich mein Sperma herunter.

Ach, was war das doch für ein wunderschöner Traum!

Telefonsex mit einer heißen MILF

Dies ist Teil 3 der Geschichte „Mach dich nackt!".

Ach, was war das doch für ein wunderschöner Traum! Die junge Lisa hatte alles, was einen Mann wie mich glücklich macht. Schade nur, dass es sie nicht in Wirklichkeit gibt, sondern sie einzig und allein meinen Träumen entsprang.

Als ich am nächsten Morgen aus meinem Schlaf erwache – ich habe tatsächlich 14 Stunden am Stück geschlafen! – koche ich mir zunächst in der Küche einen Kaffee, nehme meine Medikamente, dann gehe ich mit dem Kaffeebecher in der Hand zurück ins Schlafzimmer und decke mich warm zu. Ich trinke den Kaffee, muss jedoch feststellen, dass er mir nicht wirklich schmeckt. Das liegt daran, dass ich momentan auf überhaupt nichts Appetit habe. Essen geht überhaupt nicht, und was das Trinken betrifft, so schmeckt mir eigentlich nur Wasser, auf alles andere habe ich infolge meiner Grippe partout keinerlei Appetit.

Wieder liegt ein Tag der Langeweile vor mir und ich frage mich, wie ich diesen bloß herumbekommen soll. Ich greife nach der Wochenzeitung, die ich schon zweimal durchgelesen habe, und blättere ein drittes Mal in ihr. Da bleibt mein Blick mit einem Mal bei den Telefonsex-Anzeigen hängen.

Es sind nur zwei Anzeigen, und eine davon ignoriere ich sofort, denn auf ihr ist ein Mann zu sehen. „Heißer Gay, 35, freut sich auf echte Kerle!", steht dort geschrieben, dahinter die Telefonnummer. Nein, diese Anzeige ist nichts für mich. Ich stehe auf Frauen, und zwar nur auf Frauen.

Die zweite Anzeige zeigt zum Glück eine Frau. Allerdings eine, die deutlich älter ist als ich. „Martina, 52, braucht junge Schwänze!", steht in dieser Anzeige. Daneben das Foto einer reifen Dame mit langen, schwarzen Haaren und extrem großem Busen. Und darunter wiederum ihre Telefonnummer.

„Ach, was soll's, Telefonsex ist besser als gar kein Sex", rede ich mit mir selbst, greife nach dem Telefonhörer, der auf meinem Nachttisch liegt, und tippe aus purer Langeweile die Telefonnummer der schwarzhaarigen Martina ein.

Ich habe Glück, es gibt Martina tatsächlich. Oft verbergen sich hinter solchen Telefonnummern ja nur irgendwelche Bandansagen, auf denen einem etwas vorgestöhnt wird und ehe man gekommen ist, hat der Telefonkonzern schon zehn Euro vom Konto abgebucht.

„Na, mein Süßer, du rufst ja früh an! Musst du denn gar nicht zur Arbeit heute?", fragt mich Martina.

Ich erzähle ich, dass ich krank im Bett liege und vor lauter Langeweile schon ganz wahnsinnig werde.

„Na, dann muss ich dich wohl mal etwas ablenken", lacht Martina am anderen Ende der Leitung.

Ob ich denn wenigstens nackt sei, will sie von mir wissen.

„Ja, bin ich", antworte ich ihr wahrheitsgemäß und ziehe die Decke beiseite. Obwohl ich eben bereits in der Küche war, bemerke ich erst jetzt, dass mein Schritt völlig verklebt ist. Nicht nur am Ende meines Schafts, wo mir gestern beim Wichsen das Sperma hingelaufen war, sondern auch an meinen Beinen befindet sich Sperma. Damit steht fest: Ich muss nachts, als ich von Lisa geträumt habe, tatsächlich gekommen sein. Ich muss einen echten Orgasmus gehabt haben, als ich träumte, Lisa mein Sperma in den Mund zu spritzen.

„Was ist, warum sagst du nichts mehr?", fragt Martina.

„Ach, es ist nur... ich hab gerade gemerkt, dass ich im Schritt total sperma-verklebt bin."

„So so", säuselt Martina durchs Telefon, „hast also in deiner Not Hand angelegt, was?"

„Auch", antworte ich, „aber ich hatte auch einen Traum. Dabei bin ich dann ein weiteres Mal gekommen. Was ist, Martina, bist du denn auch nackt?", frage ich die Telefonsex-Lady.

„Natürlich bin ich nackt!", antwortet Martina. „Und

ich bin froh, dass mich schon so früh am Morgen ein Mann anruft. Du musst wissen, ich bin extrem heiß. Aber sag mal, wie alt bist du denn? Du hast hoffentlich gelesen, dass ich auf junge Schwänze stehe."

„Ich bin 31. Jung genug?", frage ich Martina und bin sicher, dass es ihr wahrscheinlich völlig egal ist, wie alt die Anrufer sind – Hauptsache, die Kasse klingelt.

„Einunddreißig", sagt Martina langsam, „einunddreißig klingt schon mal ganz gut. Ich geb zwar zu, dass du gern auch 22 oder 23 sein dürftest, aber egal: Immerhin bist du noch nicht über 50 wie ich. Mit 52 könnte ich vom Alter her deine Mutter sein. Na dann, mein Süßer, dann erzähl' mir doch mal ein bisschen was über dich. Worauf stehst du beim Sex? Wie sieht dein kleiner Freund aus?"

„Mein kleiner Freund", muss ich lachen, „ist nun wirklich alles andere als klein. Ich muss allerdings gestehen, dass er im Moment auch noch nicht richtig groß ist. Aber das lässt sich hoffentlich ändern!"

„Das will ich hoffen", sagt Martina, „ich steh nämlich auf harte Kolben und nicht auf schlaffe Zipfel. Ich liebe es, sie in mir drin zu spüren. Gern auch hinten drin, anal ist es besonders schön eng. Aber dazu müsstest du hier bei mir sein. Süßer, ich weiß du bist krank und darfst das Haus nicht verlassen, aber tu mir einen Gefallen: Nimm ihn in die Hand und ich knete ihn! Ich will, dass er groß wird und du sollst mir davon erzählen. Ach, allein schon die Vorstellung, dass er gleich groß ist, macht mich ganz wild. Wie gut, dass man zum Halten des Telefonhörers nur eine Hand braucht. So kann ich mit der anderen Hand meine Pussy fingern!"

„Ich hab ihn jetzt in der Hand, Martina, und der Gedanke, dass du gerade deine Möse fingerst, gefällt ihm. Er fängt an, groß zu werden und sich aufzurichten. Schalt das Telefon doch auf Laut, dann kannst du den Hörer zur Seite legen und mit der anderen Hand deine Brüste kneten. Ist das Foto in der Zeitung echt? Bist das wirklich du und sind deine Brüste tatsächlich so groß!"

„Alles echt!", höre ich Martina sagen. „Na, dann leg ich den Hörer mal beiseite und knete sie mir ein bisschen! Dabei stell ich mir vor, wie du deinen erigierten Schwanz zwischen sie führst und mir einen heißen Tittenfick bescherst!"

„Oh, das klingt gut!", rufe ich und spüre, wie mein Schwanz sich sogleich mit noch mehr Blut füllt.

„Nimm dir zwei Kissen!", fordert mich Martina auf.

„Zwei Kissen? Was soll ich denn mit zwei Kissen", frage ich irritiert.

„Drück sie aneinander und dann schieb deinen Schwanz dazwischen. Stell dir einfach vor, dass es sich bei den Kissen um meine Brüste handelt. Und dann wichs deinen Freund an den Kissen!"

Ein heftiger Erregungsschub durchfährt meinen Körper.

„Und du?", will ich wissen.

„Ich hab ihr einen verdammt echt aussehenden, batteriebetriebenen Dildo. Den press ich mir zwischen die Brüste. Dann schalt ich ihn ein und er fickt mir die Möpse!"

Erneut schießt mir ein Erregungsschub durch den Körper.

Ich greife nach zwei Kissen und mache es wie von Martina vorgeschlagen. Ich reibe meinen Schwanz an den samtweichen Flächen der Kissen. Ich presse sie eng an ihn, so dass er komplett von dem weichen Stoff umschlossen ist.

„Hast du Gleitgel da?", fragt Martina.

„Hab ich, warum?"

„Reib deinen Schwanz damit ein. Und dann wichs ihn weiter an den Kissen. Ich versichere dir: Glitschig wird es sich noch viel besser anfühlen, am Stoff entlangzugleiten. Ich hab meinen Dildo auch gerade mit Gleitgel eingeschmiert. Du glaubst gar nicht, wie geil mich das Teil gerade zwischen den Brüsten fickt!"

Martina greift kurz nach dem Hörer und hält ihn sich an die Brüste. Laut und deutlich höre ich das Brummen ihres Batterie-Dildos. Die Vorstellung, dass sich mein nun glitschiger Schwanz nicht zwischen den samtweichen Kissen, sondern in Martinas reifer, enger und vor allem feuchter Möse befindet und sie kräftig fickt, lässt mir die ersten Lusttropfen aus der Eichel quillen. Ich bewege die Kissen an meinem Schwanz auf und ab und genieße es total, wie mein vom Gleitgel triefnasser Schwanz an dem samtenen Stoff entlanggleitet. Immer wieder auf und ab.

Martina erzählt mir durchs Telefon, dass sie sich noch immer mit einer Hand die Möse fingert. Sie sagt, dass es in ihr drin extrem nass sei und dass es sich äußerst geil anfühlt, ihre eigene Nässe am Finger zu spüren. Vor allem aber sei es geil, den Finger in sich drin zu haben. Martina stöhnt und säuselt durchs Telefon, dass sie sich vorstelle, meinen Schwanz zwischen ihren Titten und einen anderen Schwanz in ihrer Möse drin zu haben.

Das ist der Gedanke, der mich zum Höhepunkt kommen lässt! Die Vorstellung, dass diese reife Frau mit den langen schwarzen Haaren gerade von mir und einem anderen Mann gefickt wird, sorgt dafür, dass mir das Sperma von innen den Schaft hinaufschießt. Nicht, dass mich der andere Mann erregen würde, aber die Vorstellung, dass Martina gerade doppelt gefickt wird, den Männern also gerade komplett ausgeliefert ist und dass sie das so mega-geil macht – das lässt mich kommen! Mir schießt das Sperma aus der Eichel, ich spritze es in die Kissen und bewege diese dann so nach unten, dass ich mir mit meinem eigenen Sperma den Schwanz von oben bis unten einschmiere.

Als ich Martina davon erzähle, kommt auch sie. Ich höre sie durchs Telefon schreien, sie ruft immer wieder

„Fuck!! Fuck!!" und „Fuck, ist das geil!!".

Entspannt lasse ich die Kissen fallen und frage Martina, ob sie es genauso geil fand wie ich. „Und ob ich es geil fand!", stöhnt sie erschöpft in den Hörer. Dann verabschieden wir uns.

Martina legt auf, denn sie hofft, dass gleich der nächste Mann bei ihr anruft.

Und ich lege auf, denn jetzt bin ich untenherum derart verschmiert, dass es an der Zeit ist, mich abzuduschen. Ich gehe ins Bad, drehe das Wasser schön heiß und lasse es an meinem Körper hinablaufen. Während ich dusche, hole ich mir schnell noch einen runter. Ich spritze mein Sperma gegen die Wandkacheln und sehe glücklich zu, wie es langsam an ihnen herabläuft.

Mir ist klar: Orgasmen sind besser als Tabletten! Wer gesund werden will, muss kommen – so oft wie nur irgend möglich!

Scharfes Webcam-Girl und geile Sex-Toys

Dies ist Teil 4 der Geschichte „Mach dich nackt!".

Genau so ist es: Ich möchte möglichst schnell gesund werden, deshalb brauche ich auch am nächsten Tag wieder meinen Orgasmus! Doch einfach nur selbst Hand anlagen ohne eine Frau dabei zu haben, dazu habe ich keine Lust. Selbstverständlich könnte ich auch heute wieder Martinas Nummer wählen und Telefonsex mit ihr haben, ich könnte auch im Internet nach anderen Telefonsex-Nummern suchen, doch auch das genügt mir heute nicht. Klar ist es schön, eine weibliche Stimme zu hören und mir vorzustellen, dass auch sie es sich gerade selbst besorgt, doch würde ich der Frau heute gern dabei zusehen.

Ich greife nach meinem Smartphone und tippe Webcam-Girls als Suchwort ein. Sofort spuckt die Suchmaschine unzählige Ergebnisse aus. Ganz oben erscheint eine Web-Adresse, die zu einer 28-jährigen Frau namens Katrin führen soll.

Ich habe Lust auf eine 28-Jährige. Zumal das Foto, das nach Aufruf der Seite erscheint, eine wirklich hübsche Frau zeigt. Katrin hat rotblonde, schulterlange Haare und pralle Brüste. Obwohl sie selbst eher schlank ist, ist ihr Busen sehr üppig. Zwei große Brüste mit großen Brustwarzen. Das Foto zeigt Katrin, wie sie nackt auf einem schwarzen Leder-Bürodrehstuhl sitzt. Ihr Intimbereich ist komplett rasiert, und indem sie auf dem Bild die Beine leicht spreizt, habe ich schon beim Betrachten des Fotos einen freien Blick auf ihren Lustbereich, was mich sogleich erregt und meinen Penis groß werden lässt. Ich schiebe meine Bettdecke beiseite und ziehe mir die Shorts runter, woraufhin mein Glied sich in voller Größe aufrichtet. Dann klicke ich auf den Button, der die Verbindung zu Katrin herstellen soll.

Es klappt auf Anhieb. „Hallo, hier ist Katrin!", sehe ich die 28-Jährige, wie sie mir zuwinkt. Sie sitzt genau so da wie auf dem Foto: Splitternackt rekelt sie sich auf dem ledernen Bürostuhl und bewegt ihre Beine dabei so, dass ich immer mal wieder freien Blick auf ihre Spalte habe, die, wie ich sehe, sogar bereits feucht zu sein scheint.

„Hi, ich bin Andreas", sage ich und erst jetzt wird mir klar, dass Katrin ja auch mich sieht. Oh nein, denke ich, dabei gebe ich doch gerade so ein armseliges Bild ab. Die Augen gerötet, die Nase schon ganz wund geschnupft – Katrin merkt sofort, dass ich krank bin:

„Oh du armer Kerl, was ist denn mit dir los? Du siehst ja total krank aus!"

„Grippe!", sage ich und versuche, nicht ganz so verschnupft zu klingen.

„Oh je, oh je, na dann brauchst du aber unbedingt etwas Aufheiterung und ein paar gute Gefühle, damit es dir schnell wieder gut geht. Wie ich sehe, hast du ein T-Shirt an. Ist sicherlich gut, dass du bekleidet bist, denn wärst du nackt, würdest du dich womöglich noch mehr erkälten. Aber sag mal, bist du denn auch untenherum angezogen. Ich kann's nicht sehen, denn so wie du dein Smartphone hältst, filmst du nur dein Gesicht und deinen Oberkörper."

„Nein, untenherum bin ich nicht bekleidet. Ich muss doch an mein bestes Stück rankommen, wenn du mir gleich ein paar schöne Sachen zeigst."

„Ein paar schöne Sachen? So, so, der Herr möchte ein paar schöne Sachen sehen. Was meinst du denn damit?"

„Och, deine großen Brüste sehe ich ja immerhin schon mal. Aber ich würde gern sehen, wie du sie dir mit Massage-Öl einreibst und sie dann knetest."

„Mmh, Massage-Öl, das klingt aber gut. Hast du denn auch etwas da, womit du dir deinen Freund einreiben kannst?"

„Na klar. Ich hab Gleitgel da."

„Du hast mir deinen Freund noch gar nicht gezeigt."

„Ach so, ja stimmt. Möchtest du ihn denn sehen?"

„Ob ich ihn sehen möchte? Na hör mal! Natürlich möchte ich ihn sehen! Ich sitze hier nackt auf meinem Bürostuhl, zeige dir meine Brüste – da will ich selbstverständlich auch sehen, was du so zu bieten hast!"

Der Gedanke, dass Katrin sich für mein Glied interessiert, lässt die Erregung in mir weiter ansteigen. Ich spüre, wie weiteres Blut in meinen Penis dringt und diesen noch größer werden lässt. Auch meine Eichel schwillt weiter an.

Ich drehe das Smartphone, so dass die Kamera nun in voller Größe meinen Schwanz filmt.

„Wow, sieht der aber gut aus!", höre ich Katrin durchs Telefon rufen.

„Nun möchte ich deine Lusthöhle aber auch in voller Größe sehen!", rufe ich.

Katrin zögert keinen einzigen Moment, sondern dreht ihre Webcam, löst sie aus dem Stativ und führt sie an ihre Scheide heran, die sie daraufhin in voller Größe für mich filmt.

„Wow!", stöhne ich und spüre, wie mir sogleich ein Lusttropfen aus der Eichel quillt.

Katrin geht noch einen Schritt weiter: Während sie noch immer die Webcam auf ihre Scheide gerichtet hat, die tatsächlich ganz feucht ist, schiebt sie sich mit einem Mal ihren linken Zeige- und ihren linken Mittelfinger in die Möse und beginnt, sich mit den Fingern von innen zu verwöhnen. Das geht eine halbe Minute lang so, dann zieht sie die glitschigen Finger wieder aus ihrer Möse heraus, führt Webcam und die Finger an ihren Mund heran, dann schiebt sie sich die

Finger in den Mund und leckt sie genüsslich ab. Ein herrlich erregender Anblick!

Ich stöhne und gebe Katrin zu verstehen, dass mir das gefällt.

Daraufhin befestigt die 28-Jährige ihre Webcam wieder am Stativ, greift nach einer Flasche Massage-Öl und gießt sich das Öl über die Brüste. Sie hat die Flasche kaum wieder zurückgestellt, da massiert sie sich das Öl auch schon gefühlvoll in ihre prallen Möpse ein. Auch auf ihren großen Brustwarzen verreibt sie das Öl. Ich höre, wie Katrin dabei stöhnt.

Ich schmiere mir meinen Schwanz mit Gleitgel ein und beginne, ihn mit meiner rechten Hand zu wichsen. Ich filme es einen Moment lang, damit Katrin es sieht, dann drehe ich das Smartphone, so dass sie mir wieder ins Gesicht schauen kann.

Katrin massiert noch immer das Öl in ihren Busen. Sie knetet ihre Brüste dabei heftig, es sieht extrem gut aus.

Ich bitte Katrin, ihre Beine über die Armlehnen zu legen. Auf diese Weise würde sie sie schön weit spreizen und ich kann ihr tief in die Möse blicken.

Katrin tut, was ich von ihr verlange. Und sie führt eine Hand an ihre Möse heran. Ja, sie massiert ihre Brüste nun nur noch mit der rechten Hand, mit der linken beginnt sie, an ihrer Klitoris zu spielen. Es sieht mega-erregend aus und ich beobachte, wie zunehmend mehr Feuchtigkeit aus ihrer Möse herausquillt. Glänzend benetzt sind ihre Schamlippen, ein paar feuchte Fäden gleiten hinab und verteilen sich auf dem schwarzen Leder des Bürostuhls.

„Hast du einen Vibrator oder einen Dildo da?", frage ich die 28-Jährige.

„Klar, was du möchtest!", antwortet sie.

„Auch einen Anal-Plug?"

„Du meinst, einen Stöpsel für den Po? Klar, den hab ich auch!"

„Dann schieb dir deinen Vibrator in die Möse und den Anal-Plug durch deine Rosette! Ich will sehen, wie du dir beide Löcher füllst! Und wenn du das gemacht hast, schalt' den Vibrator ein und fick deine Möse mit ihm! Und drück mit der anderen Hand gegen den Plug! Drück ihn im Sekundentakt tiefer in dich rein, dann lass ihn leicht zurückgleiten. Dann wieder reindrücken und so weiter. Ich will, dass du auch in deinem Hintern ein Fickgefühl verspürst!"

Während ich das zu Katrin sage, wichse ich weiter meinen Schwanz. Ich muss gestehen, dass ich auch einen Anal-Plug besitze. Einen extra dicken sogar. Ich hatte lange überlegt, ob ich mir ein solches Teil kaufen soll, denn anfangs dachte ich immer, das sei nur etwas für Schwule. Zum Glück hab ich mich letztlich dafür entschieden – es ist so geil, sich einen Anal-Plug in den Arsch zu stecken. Der Moment, in dem das Teil durch die Rosette flutscht, ist unbeschreiblich! Es ist so intensiv, so geil, und ja, ich bin froh, mir gleich einen extra großen Plug gekauft zu haben. Ich muss ihn natürlich mit sehr viel Gleitgel einschmieren, damit es nicht wehtut und ich mich nicht verletze. Aber wenn ich das berücksichtige und wenn ich ihn mir dann in die Po-Ritze schiebe und seine Spitze meinen Anus berührt – und wenn die Spitze und unmittelbar darauf der gesamte Stöpsel dann mit einem Mal durch meine Rosette hindurchgleitet – also ich kann nur sagen: In diesem Moment muss ich jedes Mal aufpassen, dass ich nicht sofort einen Orgasmus kriege, so intensiv und geil fühlt sich das an!

Ich öffne die Schublade meines Nachttisches und hole meinen extragroßen Anal-Plug raus. Ich schmiere ihn mit einer Menge Gleitgel ein.

„Was machst du da gerade?", fragt mich mit einem Mal Katrin, die ihrerseits gerade dabei ist, ihren Vibrator und ihren – deutlich kleineren – Anal-Plug mit Gleitgel einzuschmieren.

„Ich hab auch einen Anal-Plug", sage ich.

„Echt??", ruft Katrin. „Dann zeig mir, wie du ihn dir reinschiebst!"

„Alles klar, kannst du haben", sage ich und drehe mein Smartphone.

„Wow!", ruft Katrin, „dein Plug ist ja riesig!"

„Und ob er das ist!", lache ich, führe ihn an meinen Hintern heran und schiebe ihn mir in den

Allerwertesten. Ich halte mein Smartphone ganz dicht an meinen Arsch, so dass Katrin genau sehen kann, wie die Spitze des Plugs erst meine Rosette berührt und dann mit Schwung durch sie hindurchflutscht!" Ich schreie vor Lust laut auf.

„Fuck, sieht das geil aus!", ruft Katrin und fängt ebenfalls an, sich ihre Spielzeuge in den Körper zu schieben. Sie schiebt erst ihren Anal-Plug in ihren süßen Po, dann rammt sie sich den Vibrator in die Möse und schaltet ihn ein – und zwar gleich auf die höchste Stufe.

Ich glühe vor Erregung. Meine Eichel ist feuerrot und dick, mein Schwanz hart wie Stahl. Ich wichse meinen Kolben und genieße es, den fetten Plug in meinem Arschloch zu spüren. Dabei beobachte ich, wie Katrin sich ihren Plug immer wieder tiefer in die Rosette reindrückt. Und ich schaue ihr dabei zu, wie sie sich mit dem voll vibrierenden Vibrator die Möse fickt. Katrin hat die Augen halb geschlossen, den Mund halb geöffnet. Sie stöhnt und schaut lasziv in die Kamera. Was würde ich dafür geben, jetzt bei der 28-Jährigen sein zu können und sie real zu ficken!

Nun gut, das geht leider nicht. Dafür genieße ich den Webcam-Sex mit der rotblonden Schönheit umso mehr. Ich sehe es ihr an: Katrin ist total geil, sie ist so erregt, dass sie eigentlich jeden Moment kommen müsste.

Zum Glück kann Katrin das noch etwas hinauszögern. Eine Viertelstunde lang sehe ich ihr dabei zu, wie sie sich mit dem Vibrator fickt. Ja mehr noch: Zwischendurch zieht sie den Vibrator immer mal wieder aus ihrer Möse raus, steckt ihn sich in den Mund und leckt ihn ab. Und einmal, da fummelt sie sich sogar den Anal-Plug aus dem Po und steckt sich auch ihn in den Mund, um sogleich genüsslich an ihm zu lutschen.

Die Lusttropfen, die mir aus der Eichel gequollen kommen, verbinden sich bereits zu einem kleinen Rinnsal.

Ich fordere Katrin auf, sich den Anal-Plug wieder in den Hintern zu schieben. „Ich will sehen, wie er dir ein weiteres Mal durch die Rosette flutscht!", verlange ich.

Katrin tut exakt das, was ich von ihr will. Und sie macht noch mehr: Sie bewegt den Vibrator in ihrer Möse jetzt mit vollem Schwung schnell vor und zurück.

Ich stelle mir vor, es wäre mein Schwanz, der sie da gerade so rasant fickt. Während dieses Gedankens umfasse ich mein bestes Stück extrem fest mit der rechten Hand und wichse so schnell und so kräftig wie nur möglich. Das Gleitgel zwischen meinem Schwanz und meiner Hand gibt quabschende Geräusche von sich.

Ich beschließe, mich jetzt innerlich fallen und meinen Orgasmus kommen zu lassen. Und ich fordere Katrin auf, jetzt bitte ebenfalls zu kommen.

Wir erreichen unsere Höhepunkte exakt im selben Moment. In der gleichen Sekunde, in der mir der Samen in hohem Bogen aus der Eichel geschossen kommt, zuckt Katrins Möse und die 28-Jährige ruft laut und schrill „Fuck!! Fuck!!".

Mein Sperma spritzt wie eine Fontäne weit in die Höhe, um von dort wieder herunter zu regnen und auf meinem Schwanz, auf meiner Hand und meinem Bauch zu landen.

„Verreib es auf deinem Bauch!", ruft Katrin.

Gute Idee, denke ich und verschmiere mein Sperma mit der rechten Hand auf meinem Bauch. Ich massiere es mir tief in die Haut ein und beobachte dabei, wie Katrin sich den Vibrator aus der Möse und den Dildo aus dem Po rauszieht, nacheinander beides mit ihrer Zunge sauberleckt und dann zufrieden „Wow, war das geil!", ins Mikro ihrer Kamera säuselt.

„Der Plug!", schießt es mir in den Sinn. „Ich hab ja auch noch einen Plug im Arsch!"

„Zieh ihn raus und leck ihn sauber!", bittet mich Katrin.

Ich tu ihr den Gefallen. Kaum hab ich mir das riesige Teil aus meinem Arsch gezogen, halte ich es mir vor den Mund und beginne, ähnlich wie Katrin es eben mit ihrem kleinen Plug getan hat, das Ding genüsslich mit meiner Zunge sauberzulecken. Katrin genießt den Anblick und bedankt sich artig, dass ich ihr diesen Gefallen getan habe.

„Gern geschehen!", lache ich und versichere ihr, mich jetzt dick zuzudecken, damit ich mich auf keinen Fall verkühle, sondern ganz schnell wieder gesund werde.

Wir beenden den Video-Chat, dann ziehe ich mir mit der linken Hand die Decke bis unters Kinn über den Körper.

Meine rechte Hand befindet sich derweil unter der Decke in meinem verklebten Schritt. Es war so schön mit Katrin, denke ich, umfasse mein Glied, lasse es ein weiteres Mal groß werden, dann hole ich mir ein weiteres Mal einen runter. Mit verklebter rechter Hand schlafe ich schließlich zufrieden ein – und als ich am nächsten Morgen nach 16 Stunden Schlaf aufwache, fühle ich mich endlich wieder gesund.

Katrin, Martina, Traumgeschöpf Lisa und meinen vielen Orgasmen sei Dank!!!

Happy Birthday!

Ach, wenn doch bloß schon Abend wäre! Ilka war aufgeregt wie nie zuvor. Zwei Stunden noch, dann würde ihr Freund Marco endlich nach Hause kommen. Warum bloß hatte sein Chef ihm ausgerechnet heute, an Marcos Geburtstag, keinen freien Tag gewährt? Heute, am Dienstag, an dem Tag, an dem Marco 24 wurde. Ilka hätte gewiss viel mit ihm unternommen. Sie hätten schick essen gehen können oder ins Kino. Doch aus alledem wurde nichts, eben weil Marco nicht frei bekommen hatte. Bis 22 Uhr würde er noch in der Fabrik schuften müssen. Danach aber wollte Ilka, die mit ihren 22 Jahren jünger war als er, mit ihm feiern. Und ihm ein ganz besonderes Geschenk machen. Eines, womit er nie im Leben rechnen würde...

Ja, sie wollte ihm etwas Außergewöhnliches schenken, etwas, was Marco in dieser Form noch nie von ihr geschenkt bekommen hatte. Es sollte ein Geschenk werden, an das er ewig zurückdenken würde.

Eigentlich passte das alles überhaupt nicht zu Ilka, diesem zarten, 1,64 Meter großen, blond gelockten, ach so schüchternen Mädchen. Und doch war es ein Geschenk von ihr...

Ilka hatte lange überlegt, ob sie es ihm schenken sollte, sie war unsicher, ob sie es könnte, ob sie den Mut dazu hätte, ob sie sich nicht in letzter Sekunde anders entscheiden und es sein lassen würde. Immer wieder hatte sie es sich durch den Kopf gehen lassen, sich letztendlich aber dafür entschieden.

Und dann, je länger sie es plante, je mehr Utensilien sie besorgte, desto mehr begann sie, sich selbst dafür zu begeistern. Je intensiver sie es sich vorstellte, desto mehr erkannte sie, dass es nicht nur *ihm* Freude bereiten könnte – sie hatte gelesen, dass viele Männer sich heimlich so etwas wünschten –, sondern dass auch *sie* ihren Spaß dabei hätte – auch wenn sie sich noch immer nicht vorstellen konnte, diese Rolle erfolgreich zu spielen...

Würde Ilka überzeugend wirken? Würde Marco Angst und Lust zugleich verspüren? Oder würde sie sich nur lächerlich machen, würde Marco nur vor ihr stehen und sie auslachen?

Konnte sie, Ilka, die Rolle einer Domina einnehmen?

Ilka, das Mädchen, das auf kuscheligen Blümchen-Sex stand. Manchmal fragte sie sich, ob Marco überhaupt sexuell zufrieden sein konnte – bei dem Wenigen, das sie ihm bot. Warum liebte er ausgerechnet sie, dieses zwar bildhübsche, jedoch so verklemmte Mädchen?

Heute, an seinem Geburtstag, wollte sie ihm beweisen, dass sie auch anders konnte. Sie wollte ihm einen Sex schenken, der alles in den Schatten stellte, was Marco bisher mit ihr erlebt hatte, und der prickelnder sein sollte als alles, was er mit sämtlichen anderen Frauen dieser Welt (mit denen er sich hoffentlich nie ins Bett begeben würde) erleben könnte. Ilka hatte sich extra ein paar SM-Bücher gekauft – übers Internet, versteht sich, denn in einen Buchladen zu gehen und „Ich brauche einen Sado-Maso-Ratgeber" zu sagen, das hätte sie sich nie im Leben getraut.

Ilka schlenderte hinüber ins Schlafzimmer und begutachtete die Utensilien, die sie – ebenfalls übers Internet – extra für diesen Abend gekauft hatte: für sich selber zum Anziehen und komplett in schwarz gehalten eine enge Leder-Corsage, einen Mini-String, Armstulpen und Lederstiefel; für ihn zum Anziehen einen schwarzen Latex-String sowie eine schwarze Augenmaske. Außerdem – als Arbeitswerkzeuge – Hand- und Fußfesseln, Bondage-Seile, eine Lederpeitsche, einen Rohrstock und – als besonderes Extra – einen silbernen, 20 Zentimeter langen Anal-Plug-Dildo plus Gleitmittel. Und eine Heavy-Metal-CD. Ilka hatte alles feinsäuberlich auf ihrem Schminktisch platziert.

Ilka verspürte sowohl Angst als auch Lust, als sie all die Utensilien begutachtete. Was Marco wohl zu dieser außergewöhnlichen Überraschung sagen würde? Würde er es geil finden? Oder würde er sie für verrückt erklären? Ilka war unsicher, doch für sie stand fest: Sie hatte so lange gebraucht, sich für dieses Geschenk zu entscheiden, jetzt wollte sie es durchziehen – außer natürlich, Marco würde es ablehnen und Nein sagen, dann würde sie ihr Vorhaben abbrechen. Aber angeblich standen ja mehr Männer auf so etwas, als Ilka sich vorstellen konnte. Das stand zumindest in dem SM-Buch. Ob Marco zu dieser Sorte Mann gehörte? Er hatte nie eine entsprechende Andeutung gemacht; allerdings, so hieß es in dem Buch weiter, sei das bei vielen Männern so: Sie wünschten sich, zumindest einmal im Leben von einer Domina beherrscht zu werden, trauten sich aber nicht, es ihrer Partnerin zu gestehen.

Ilka spürte, wie ihre Gedanken sie erregten: Sie, die sonst so schüchterne Ilka, würde heute Abend zur Domina werden, sie würde über ihren Freund herrschen, ihn zu ihrem Sklaven machen, ihm Befehle geben, ihn lustvoll bestrafen – und er würde hoffentlich Lust dabei empfinden. Falls nicht, würde er es ihr schon sagen, dann würde sie ihre SM-Show eben abbrechen und sie könnten zum gewohnten Blümchen-Sex übergehen.

Ilka war so gespannt. Hoffentlich würde es Marco gefallen. Sie spürte, wie ihr Slip feucht wurde...

* * *

Als es endlich 22 Uhr war, zündete Ilka die Geburtstagskerzen auf dem Kuchen an, der auf dem Wohnzimmertisch stand und den sie heute Nachmittag frisch für Marco gebacken hatte. Neben den Kuchen legte sie einen gelben Briefumschlag, auf den sie „Für Marco" geschrieben hatte; damit der Umschlag etwas feierlicher aussah, hatte sie ihn mit einem roten Geschenkband umwickelt und dieses zu einer Schleife gebunden. Sie ging hinüber in die Küche, holte die Flasche Sekt aus dem Kühlschrank, welche sie im nahegelegenen Supermarkt gekauft hatte, und stellte sie auf den Tisch – direkt neben die zwei Sektgläser, die sie bereits vorhin dort platziert hatte.

Um 22.12 Uhr klingelte Marco an der Wohnungstür. Wie immer hatte er den kurzen Weg von der Arbeit nach Hause mit dem Fahrrad zurückgelegt. Meist traf er so zwischen „Zehn nach" und „Viertel nach" zu Hause ein. Nur ganz selten kam er später nach Hause – das war immer dann der Fall, wenn er noch einen Abstecher zur Tankstelle machte, um für sich und Ilka ein paar Süßigkeiten oder eine Flasche Wein zu kaufen.

Ilka schaute an sich hinab: Sie hatte sich nicht schick gemacht, sondern trug eine ausgeblichene, hellblaue Jeans, einen weißen Pullover und braune Socken. Ob Marco sich wundern würde, dass sie an seinem Geburtstag so stinknormal aussah?

Er konnte ja nicht ahnen, dass Ilka in ein paar Minuten ins Schlafzimmer verschwinden und sich zur Domina aufstylen würde...

Ilka öffnete die Wohnungstür. Marco stand da und strahlte sie an. Er hatte seine weiße Windjacke an und war ansonsten ähnlich normal gekleidet wie Ilka: Unter der Jacke trug er einen blauen Strickpulli und so wie seine Freundin hatte auch er eine blaue Jeans an. An den Füßen trug er Turnschuhe. Seine kurzen, braunen Haare sahen etwas zerzaust aus, was daran lag, dass es draußen windig war.

Ilka drückte Marco einen dicken Kuss auf den Mund. „Marco, schön dass du endlich da bist! Jetzt feiern wir deinen Geburtstag, okay?"

„Okay!", lächelte Marco, der sich jedes Mal freute, wenn er Ilka sah.

„Ich schlage vor", sagte Ilka, „du ziehst dir eben Jacke und Schuhe aus und dann gehen wir beide ins Wohnzimmer und du packst dein Geschenk aus!"

„Gute Idee, mein Schatz!", freute sich Marco und war gespannt, was Ilka ihm wohl schenken würde.

Marco hängte seine Jacke in die Garderobe, stellte die Turnschuhe ins Regal, wusch sich noch schnell die Hände, dann eilte er auf Socken ins Wohnzimmer, wo Ilka bereits auf ihn wartete.

„Herzlichen Glückwunsch, mein Schatz!", sagte Ilka, umarmte und küsste ihn. Sie goss Sekt in die beiden Gläser, reichte ihrem Freund eines davon und sagte: „Prost, mein lieber Marco, auf dich! Ich wünsch' dir alles Gute fürs neue Lebensjahr! Ich liebe dich!"

„Ich liebe dich auch, Ilka!", antwortete Marco. Dann stießen die beiden miteinander an.

„Bist du gespannt, was für ein Geschenk ich für dich habe?", fragte Ilka.

„Na klar bin ich gespannt!", lachte Marco.

„Dann öffne diesen Umschlag hier!", forderte Ilka ihn auf.

„Was mag da drin sein? Ein Liebesbrief?"

„Sieh' nach!"

Marco entfernte vorsichtig das Geschenkband. Der Umschlag war nicht zugeklebt, so dass er ihn aufmachen konnte, ohne ihn zu beschädigen. Er griff nach der Klappkarte, die sich in dem Umschlag befand, zog sie heraus und bestaunte das große, rote Plüsch-Herz, das als Hochglanz-Motiv vorne drauf gedruckt war und auf dem „I love you!" stand.

„Was für eine schöne Karte!", sagte Marco.
„Lies', was ich hineingeschrieben habe!", lächelte Ilka.

Marco klappte die Karte auf und begann laut vorzulesen, was Ilka mit roter Tinte in die Karte geschrieben hatte: „Mein lieber Marco! Du bist mein Schatz, ich liebe dich über alles! Und weil das so ist, möchte ich dir zu deinem Geburtstag ein ganz besonderes Geschenk machen. Eines, über das du dich hoffentlich freust, dass dir hoffentlich Spaß macht. Ich werde gleich, nachdem du diese Karte zu Ende gelesen hast, ins Schlafzimmer verschwinden, mich für dich hübsch machen und dich anschließend hinein ins Zimmer bitten. Und dann..." Dahinter hatte sie mit ihrem Füller ein Herz gemalt. Unterschrieben hatte sie die Karte mit „Deine Ilka". Ganz unten stand noch: „P.S.: Falls es dir nicht gefällt, sag' mir Bescheid, dann gibt's eben Blümchen."

Ilka lächelte Marco noch immer an. Auch Marco musste lächeln, er blickte Ilka freudig ins Gesicht. Er meinte verstanden zu haben, was Ilka ihm schenken würde: eine romantische Nacht! Er fragte sich lediglich, wieso sie Angst hatte, es könnte ihm nicht gefallen. Und was meinte sie mit „Dann gibt's eben Blümchen"?

„Du bist so gut zu mir!", strahlte er, nahm sie in den Arm und streichelte zärtlich ihren Rücken. Weil er sie nicht verunsichern wollte, fragte er nicht weiter nach.

„Ja, bin ich das?", grinste Ilka.

„Und ob du das bist! Deine Liebe ist so unendlich groß! Und ich glaube, ich weiß, was du mir gleich schenken wirst! Wenn es das ist, was ich denke, dann habe ich allen Grund, mich darauf zu freuen!"

Marco streichelte sie noch immer und während er sich an Ilka schmiegte, bemerkte diese, wie sich in Marcos Hose etwas verhärtete...

„Na, dann sei mal gespannt", strahlte Ilka ihn an und versuchte, ihre Aufregung zu verbergen. Jetzt musste sie ihr Vorhaben Wirklichkeit werden lassen. Konnte sie das überhaupt? Würde sie solch eine Rolle überhaupt spielen können? Und würde es ihm gefallen? Ihre Hände begannen zu zittern. Aber jetzt, in letzter Sekunde, einen Rückzieher machen? Nein, das wollte sie nicht. Ilka stupste Marco mit dem Zeigefinger auf die Nase, dann sagte sie „Bis gleich!" und verschwand ins Schlafzimmer.

* * *

Da stand Ilka nun und blickte auf die Sachen, die sie jetzt anziehen würde. Ihr Herz pochte laut vor Aufregung. Doch für sie gab es kein Zurück mehr. Sie wusste: Wenn sie es jetzt nicht probierte, würde sie es nie tun. Außerdem wartete Marco im Wohnzimmer darauf, dass sie die Tür öffnen und ihn hineinbitten würde - auch wenn er freilich nicht damit rechnen konnte, dass sie gleich als Domina zu ihm heraustreten würde...

Ilka begann also, Jeans und Pullover auszuziehen. Es folgten BH, Slip und Socken. Ja, und dann fing sie an... sie fing an, sich zum ersten Mal in ihrem Leben in eine Domina zu verwandeln - sie griff nach ihren neuen Kleidungsstücken und stieg hinein...

Corsage, String, Stiefel, Stulpen - Ilka war erstaunt, wie gut sich das alles an ihrem Körper anfühlte. Dieses anfangs noch kalte Leder auf ihrer Haut zu spüren, was war das doch für ein irres Gefühl! Ilka betrachtete sich in dem großen, bis auf die Erde reichenden Spiegel. Wow, dachte sie, ich sehe ja richtig gefährlich aus! Ich, die kleine, zarte, sonst so schüchterne Ilka!

Sie dimmte das Licht, griff nach der Heavy-Metal-CD, öffnete den CD-Player, nahm die Kuschelmusik-CD heraus, die Marco und sie normalerweise beim Sex immer hörten, und legte die Metal-CD ein. Dann drehte sie den Lautstärkeregler hoch und drückte auf „Play".

* * *

Marco stand neben dem Wohnzimmertisch und war gerade dabei, sich noch einmal den von Ilka geschriebenen Text auf der Geburtstagskarte durchzulesen, als die Schallwellen aus dem Schlafzimmer hinausgeschossen kamen. Er erschrak so stark, dass sein Körper zusammenzuckte und ihm die Karte aus der Hand fiel. In der Vitrine neben ihm begannen die Gläser und Tassen zu zittern.

In dieser Sekunde ging die Schlafzimmertür auf und heraus trat Ilka – ganz in schwarz und den Rohrstock in

149

der Hand haltend.

Marco erschrak, als er die Domina sah – und er brauchte einen Augenblick, bis er realisierte, dass es sich dabei um Ilka handelte.

In dem Moment, in dem Marco erkannte, dass es Ilka war, die in dem Kostüm steckte, wich der Schrecken von ihm. Marco musste laut lachen, er rief so laut, dass er die Metal-Musik zumindest halbwegs übertönte: „Wow! Damit hast du mich jetzt aber wirklich überrascht! Ich hatte mit manchem gerechnet: dass du nackt herauskommst oder im Bademantel, vielleicht auch in deinen sexy weißen Dessous – aber dass du mich überraschst, indem du dich als Domina verkleidest, nein, damit hätte ich nie im Leben gerechnet! Wo hast du die Sachen denn her?"

Ilka antwortete nicht. Stattdessen ging sie auf Marco zu. Dabei bemühte sie sich, so ernst wie möglich zu gucken. Als sie vor ihm stand, sagte sie: „Macht dich das scharf?"

„Na und ob mich das scharf macht!", rief Marco.

„Hast du dir schon mal gewünscht, von mir beherrscht zu werden?", fragte Ilka.

„Ich... ääh... wie meinst du das?"

„So wie ich es sage. Ihr Männer – na ja, zumindest

150

viele von euch – steht doch angeblich auf so was, mögt es bloß nicht zugeben."

„Wie kommst du denn darauf?"

„Hab' ich gelesen."

„Aha, okay."

„Das ist keine Antwort, Marco."

„Antwort worauf?"

„Lenk' jetzt nicht ab! Ich will wissen, ob du gern mal mein Sklave sein möchtest?"

„Dein Sklave?!"

„Ja, Marco. Sei ehrlich: Willst du, dass ich dich mal ein bisschen quäle? Dir den Hintern versohle und vielleicht noch einiges mehr?"

„Ich... also..." Marco wurde rot im Gesicht. Ilka fasste ihm in den Schritt und spürte, dass sein Glied noch steifer geworden war.

„Marco, ich hab' all meinen Mut zusammen genommen und mir dieses Outfit angezogen. Jetzt liegt es an dir: Willst du, dass ich nicht nur wie eine Domina *aussehe*, sondern dass ich mich wie eine Domina *verhalte*, dann sag' es mir! Heute hast du Chance dazu! Wenn du heute 'Nein' sagst, mach' ich es vielleicht nie wieder. Also, entscheide dich! Es muss dir nichts peinlich sein!"

Marco antwortete: „Also... na ja... soll ich wirklich ehrlich sein?"

„Du sollst!"

„Okay..." – Marco atmete tief durch – „...dann verrate

ich dir, dass ich mir so was schon manchmal vorgestellt habe und dass es mich erregt hat."

„Soll das heißen, du willst mein Sklave sein?"

„Du formulierst das ganz schön drastisch!"

„Wenn schon, denn schon! Also, was ist: Soll ich dich zu meinem Sklaven machen oder willst du lieber Blümchen-Sex?"

Da wusste Marco, was Ilka mit dem Wort 'Blümchen' in ihrem P.S. gemeint hatte. Er antwortete: „Okay, du sollst! Mach' mich zu deinem Sklaven und quäl' mich!"

Da riss Ilka den Rohrstock in die Höhe und ließ ihn unmittelbar darauf wieder nach unten knallen – direkt auf Marcos Finger.

Marco schrie vor Schmerz laut auf!

Einen Moment lang sahen sich die beiden erschrocken an. Als Ilka allerdings etwas genauer in Marcos Augen starrte und aus ihnen tatsächlich Angst ablesen konnte, durchfuhr sie ein Kribbeln und sie spürte, wie sie untenherum feucht wurde. Ein irres Gefühl, fand sie, denn in ihrem Leder-String spürte sie die Nässe besonders intensiv. Reflexartig griff sie mit der Hand an das Leder.

Als sie sich bewusst wurde, wo sie mit ihrer Hand

gerade hingefasst hatte, errötete sie. Sie sah, wie Marco zu grinsen begann. Dann griff auch er sich in den Schritt, er knetete durch die Hose sein Glied und deutete Ilka so an, dass auch ihn das Ganze erregte.

Ilka hob den Rohrstock etwas in die Höhe, sah Marco fragend an. Marco streckte seine Hände aus, nickte Ilka zu und gab ihr auf diese Weise zu verstehen, dass sie ihre Sado-Maso-Einlage fortsetzen sollte.

Ilka ließ den Rohrstock auf Marcos Finger knallen. Zum zweiten Mal an diesem Abend schrie Marco laut auf.

Der dritte Schrei folgte, als Ilka ihm ohne Vorankündigung mit dem Stock auf die Oberschenkel schlug.

Dann rief Ilka: „Zieh' dich aus, ich will deinen Schwanz sehen!"
Marco spürte, wie die Erregung seinen ganzen Körper durchfuhr. Ilka hatte noch nie 'Schwanz' gesagt, sondern immer nur die Bezeichnungen 'Penis', 'Glied' oder – wenn sie mal besonders gut drauf war – 'Pullermann' verwendet. Dass sie heute 'Schwanz' sagte, machte Marco geil.

Anscheinend fand Ilka, dass Marco nicht schnell genug reagierte; sie hob drohend den Rohrstock und sah ihren Freund mit bösem Blick an. Marco verstand. Hektisch zog er erst den Pullover und dann die Hose aus. Als er erneut zu Ilka schaute, drohte sie ein weiteres Mal mit dem Stock. Daraufhin riss Marco sich auch das Unterhemd vom Leib, anschließend zog er sich ungeschickt die Unterhose aus.

Ilka ließ ihren Blick hinab zu Marcos Füßen gleiten, dann schaute sie wieder hinauf und blickte ihrem Freund streng ins Gesicht. Ach ja, die Socken, durchfuhr es Marco. Sofort bückte er sich und riss sie sich von den Füßen. Während er so gebückt dastand, hatte Ilka freie Sicht auf seinen Anus. Noch nie zuvor hatte sie sein Arschloch gesehen. Jetzt sah sie es – und es machte sie scharf. Sie merkte, wie ihr der Saft in den String lief.

Da stand Marco nun... splitternackt und unsicher, was ihn als nächstes erwarten würde.

Ilka trat ganz dicht an Marco heran, ging in die Hocke, legte ihre Hand um Marcos steifen Schwanz und begutachtete ihn: „Geiles Teil!", rief sie und ergänzte: „Dich will ich nachher in mir spüren, aber vorher soll dein Besitzer ordentlich leiden, ich bin schließlich seine Herrin und er ist mein Sklave! Pass' auf, Pimmel: Ich quäl' dein Herrchen gleich, dass ihm Hören und Sehen vergeht. Einverstanden?"

In diesem Moment quoll ein dicker Lusttropfen aus Marcos Schwanzspitze heraus.

Ilka packte Marco an den Oberschenkeln und fühlte dabei den Schweiß, der aus Marcos Poren austrat. Dann zog sie so kräftig an seinem Schwanz, dass es Marco wehtat und ihm die Tränen kamen. Sie stand auf, ging zum Schminktisch, griff nach dem Latex-String und warf ihn Marco zu. „Hier, zieh' das an!", schrie sie so laut, dass Marco es trotz der dröhnenden Metal-Musik hören konnte. Hastig legte Ilka ein Tuch über die anderen Utensilien auf dem Schminktisch – Marco sollte nicht sehen, was ihn noch alles erwartete.

Marco strich mit der Hand über den Latex-String. Männer mit String, dachte er, wie abartig ist das denn! Andererseits: Das Teil fühlte sich irgendwie geil an! Gleich würde er das Band in seiner Ritze spüren! Der Gedanke daran ließ sein Glied pulsieren. Fast wäre er vor Aufregung gekommen, doch er konnte es bremsen.

Marco grinste Ilka verschmitzt an. Doch anstatt zurückzugrinsen, holte Ilka mit dem Rohrstock aus und knallte ihn Marco auf den Hintern. Sogleich krümmte

sich ihr Freund vor Schmerz. Da schrie Ilka: „Trödel'
nicht, zieh' den String an!"

Marco gehorchte. Er bückte sich, woraufhin Ilka ein
weiteres Mal seine Rosette bewundern konnte, und stieg
in sein Sklaven-Höschen.

Als er damit fertig war und sich wieder aufgerichtet
hatte, ging Ilka prüfend um Marco herum. Wie geil sein
Hintern mit dem schwarzen Band in der Ritze aussah!

Ilka klatschte ihm mit der flachen Hand auf die Po-
Backe. „Los, ab aufs Bett, leg' dich auf den Rücken!",
befahl sie lautstark.

Marco gehorchte. Den Blick auf Ilka gerichtet, ging er
hinüber zum Bett, legte sich drauf. Schon gab Ilka den
nächsten Befehl: „Arme nach oben ausstrecken und
Beine breit machen!"

Marco tat, was seine Herrin anordnete. Ihr harscher
Ton ließ ihn immer geiler werden. Noch nie zuvor hatte
er Ilka so erlebt. Sein Schwanz wurde immer praller, er
konnte sich jedoch nicht in die Höhe aufrichten, dazu
war der String viel zu eng. Die Enge vorn im Schritt
schmerzte und erregte Marco zugleich.

Er sah, wie Ilka zum Schminktisch ging und etwas unter dem Tuch hervorkramte. Erst als sie sich mit dem Gegenstand dem Bett näherte, erkannte er, dass es sich um eine Augenmaske handelte.

Der Gedanke, dass Ilka es ihm besorgen würde, ohne dass er ihr dabei zusehen konnte, führte dazu, dass weitere Lusttropfen aus seinem Schwanz herausquollen.

Ilka beugte sich über Marco und verband ihm die Augen. Von jetzt an konnte ihr Freund nichts mehr sehen. Dann ging sie ein weiteres Mal zu ihrem Schminktisch, holte Fesseln und Seile.

Es fiel ihr nicht schwer, Marco die Fesseln an Händen und Füßen anzulegen und ihn mit den Seilen an den Bettpfosten festzubinden. Während sie das letzte Seil befestigte, bemerkte sie, dass Marcos Schwanz in dem engen String um Freiheit kämpfte, dass er versuchte, sich aufzurichten, es aufgrund der Enge jedoch nicht konnte. Ilka kletterte aufs Bett und setzte sich auf Marcos Beine. Sie strich mit den Händen über Marcos String, dann packte sie diesen rechts und links am Bündchen und zog ihn Marco ein Stück weit die Beine runter. Prompt richtete sich Marcos Schwanz auf.

Ilka rückte mit ihrem Po ein Stück nach hinten, dann

beugte sie sich vornüber, führte ihren Kopf in Marcos Schritt und nahm seinen Schwanz in den Mund. Es war das erste Mal in ihrem Leben, dass sie so etwas tat. Noch nie zuvor hatte sie Marco geschweige denn überhaupt irgendeinem Mann einen geblasen. Aber nachdem sie sich nun schon in die Domina-Kluft geworfen und sich ihren Freund zum Sklaven gemacht hatte, kam es auf ein paar weitere Tabubrüche nicht mehr an. Ilka hatte heute Abend einen Punkt überschritten – und zwar nicht nur einen kleinen, sondern einen ganz großen: Sie hatte sich in eine Domina verwandelt, hatte ihre Verklemmtheit überwunden – und merkte mit einem Mal, wie sie das alles total erregte. In ihrem Leder-String war es inzwischen so feucht, dass dieser im Schritt hin- und herrutschte. Das, was sie heute spürte, war mehr als Lust – es war Geilheit!

Marco stieß ein lautes „Boah!" aus, als er spürte, wie Ilka ihren Mund über seinen Schwanz schob. Auch er hatte so etwas noch nie erlebt. Sofort jagte sein Puls in die Höhe, ein Kribbeln durchfuhr seinen gesamten Lendenbereich. Sein Schwanz wurde noch steifer, noch praller – und als Ilka mit ihrer Zunge Marcos Vorhaut zurückschob, juckte es gewaltig in Marcos Glied. Marco stöhnte laut auf, wäre ein weiteres Mal um Haaresbreite gekommen, konnte es aber auch diesmal bremsen.

Er atmete tief durch, stöhnte erneut, dann entspannte sich sein Körper. Marco sagte: „Ilka, das ist das Schönste, was ich je erlebt habe. Bitte, machst du damit weiter?"

Und ob Ilka weitermachte! Es war ein irres Gefühl für sie, Marcos Eichel an ihrer Zunge zu spüren. Sie fing an, diese mit der Zunge zu umkreisen. Dabei wurde Ilka selber noch geiler, sie spürte mit einem Mal den Drang, sich auf Marcos Schwanz draufzusetzen und wild auf ihrem Freund herumzureiten.

Ilka nahm seinen Schwanz aus dem Mund und richtete sich auf.

Marco, der wegen der Augenmaske nicht sehen konnte, was Ilka tat, rief: „Warum nimmst du ihn wieder aus dem Mund? Fühlt es sich nicht gut an für dich?"

Anstatt zu antworten, zog Ilka ihren String runter und ließ sich auf Marcos Schwanz gleiten. „Und ob sich das gut anfühlt", rief sie, „aber jetzt will ich dich reiten!" Sie begann, sich zum wilden Klang der Metal-Musik auf- und abzubewegen...

„Boah, das ist geil!", rief Marco. Bisher war immer er derjenige beim Sex gewesen, der den Takt vorgab. Jetzt durfte er einfach daliegen und es über sich ergehen lassen. „Noch doller, Ilka!", animierte er sie, noch etwas kräftiger auf ihm zu reiten.

Ilka gab Gas, und das in mehrfacher Hinsicht: Sie ging weiter in die Höhe und ließ sich jeweils im Anschluss so tief fallen, dass ihre Po-Backen auf Marcos Beine klatschten; und sie erhöhte die Taktzahl, jagte immer schneller auf und ab. Ab und zu drückte sie ihren Unterleib leicht nach vorn, manchmal zog sie ihn nach hinten, gelegentlich schob sie ihn nach rechts oder links – auf diese Weise bog sie seinen Schwanz hin und her. Was für ein geiles Gefühl das für beide war!

Ilka ritt Marco so stark sie konnte. Beide fingen vor Lust zu schreien an – Marco in tiefen, Ilka in hohen Tönen. Sie beugte ihren Oberkörper nach vorn, packte mit ihren Händen Marcos Brustkorb, küsste ihrem Freund auf den Mund – erst einmal, dann nochmal, schließlich führte sie ihre Zunge in seinen Mund hinein und die beiden tauschten eine Menge Speichel aus. Ilkas Po und vor allem ihre Muschi jagten währenddessen weiter auf und ab – und als ihre Zungenküsse besonders intensiv wurden, passierte es: Marco kam so plötzlich und unerwartet, dass er sich selber erschreckte. Er spritzte Unmengen von Saft in Ilka hinein und sie jubelte laut auf, als sie seinen Samen in sich spürte. Ilka ritt weiter, gab noch mehr Gas und kam schließlich ebenfalls – und zwar so stark, dass sie einen Schrei ausstieß, der mindestens doppelt so laut war wie die Metal-Musik, die noch immer aus den Boxen wummerte...

Marco lag da und fühlte sich wie im siebten Himmel, auch wenn er Ilkas Ritt leider nicht hatte mitansehen, sondern nur spüren können – letzteres dafür aber umso intensiver.

Ilka blieb noch eine Weile auf Marco sitzen, sein Schwanz steckte noch immer in ihr, sie spürte aber, wie Marcos bestes Stück kleiner und schlaffer wurde. Höchste Zeit, sich auf ihre Rolle als Domina zurückzubesinnen, dachte sie. Sie erhob sich von Marco, sein Schwanz flutschte aus ihr raus, dann kletterte sie vom Bett, ging hinüber zum Radio und schaltete die Musik aus.

„Nanu, schon zu Ende?", fragte Marco erstaunt.

„Das glaubst aber auch nur du!", antwortete Ilka in hartem Ton und war froh, endlich nicht mehr so laut schreien zu müssen.

„Na, dann lass' ich mich mal überraschen, was du als nächstes mit mir machst", lachte Marco.

Ilka löste zunächst die Seile am Fuß- und anschließend die Seile am Kopfende. Dann befahl sie: „Steh' auf, dreh' dich um und geh' in Hunde-Stellung!"

„Oha!", staunte Marco und tat, was Ilka von ihm verlangte. Was hatte sie vor, überlegte er. Wollte sie seinen Schwanz etwa mit der Hand melken wie der Landwirt die Zitzen einer Kuh?

Nein, das wollte sie nicht. Stattdessen ging Ilka hinüber zum Schminktisch und holte Peitsche, Anal-Dildo und Gleitmittel...

Marco kniete sich auf alle Viere und war gespannt, was jetzt kommen würde.

Ilka legte die Sachen aufs Bett, band Marco wieder fest, dann stieg sie zu ihm auf die Matratze, kniete sich hinter ihn und führte ihren Kopf soweit nach unten, dass er auf Höhe von Marcos Allerwertestem war. Sie zog mit den Händen Marcos Po-Backen auseinander und genoss den Blick auf seinen Anus. Dabei sagte sie: „Hat dir schon mal jemand gesagt, dass du ein verdammt geiles Arschloch hast?"

„Wer hätte so etwas sagen sollen, außer dir hat mir ja noch niemand die Po-Backen auseinandergezogen!"

„Dann bin ich eben die Erste, die das sagt. So, und jetzt aufgepasst: Ich will herausfinden, wie es sich in dir drin anfühlt!"

„Du willst doch nicht etwa…"

„Oh doch, und jetzt halt die Klappe!" Ilka öffnete die Gleitmittel- Tube, steckte sie Marco in die Arsch-Ritze, dann drückte sie das Ende der Tube zusammen und eine ordentliche Portion des kalten, glitschigen Gleitmittels spritzte ihm in den Hintern. Marco rief „Aaah!" und hörte erst wieder damit auf, als Ilka ihm die Tube wieder aus aus seiner Ritze rauszog. Marco nahm an, dass sie gleich einen Finger in seinen Anus einführen würde…

Ilka jedoch entschied zunächst anders: Sie krabbelte ein Stück zurück, griff nach der Peitsche und fing an, auf Marcos Hintern zu knallen. Ihr Freund schrie vor Schmerz auf, Tränen schossen aus seinen Augen, die sich aber nicht über sein Gesicht ergießen konnten, weil sie es nicht aus der Augenbinde heraus schafften. Ilka peitschte weiter, nochmal und nochmal, immer und immer wieder. Marcos Schmerzens-Schreie wurden noch lauter, er riss Arme und Beine hin und her, kam jedoch nie weiter als ein paar Zentimeter, da Ilka ihn ja ans Bett gefesselt hatte. Ilka holte noch kräftiger aus, schlug weiter mit der Peitsche auf Marco ein, er heulte, schrie, wimmerte – und sein Glied wurde wieder steif. Marco empfand Lust…

Ilka peitschte von hinten gegen seine Oberschenkel, Marco schrie um Hilfe, gleichzeitig flehte er Ilka an, weiterzumachen, auch wieder auf seinen Hintern zu schlagen, weil es ihn dort noch viel geiler machte. Zwar war sie die Herrin, sie kam dem Wunsch ihres Sklaven jedoch nach, peitschte abwechselnd auf die rechte und die linke Backe seines Hinterns ein. Dann warf sie die Peitsche beiseite, riss mit der linken Hand seine Po-Backen auseinander und schob den Zeigefinger ihrer rechten Hand hinein in Marcos Hintern. Das Gleitmittel war noch nicht getrocknet, in seiner Ritze war es klebrig-nass. Ilka fingerte sich bis zum Anus vor, umkreiste Marcos Loch mit ihrer Fingerspitze. Dann drang sie richtig in ihn ein!

Marco wimmerte. Der Moment, in dem sie ihren Finger durch sein Arschloch hindurchschob, war fürchterlich schmerzhaft – und dennoch vom Feeling her absolut geil für ihn.

Ilka wollte testen, ob noch mehr in Marco hineinpasst. Sie zog den Zeigefinger wieder raus, um ihn kurz darauf zusammen mit Mittel-, Ring- und kleinem Finger in Marcos klebrige Ritze zu schieben; dann presste sie alle Finger auf einmal durch sein Loch. Marco winselte nur noch, er konnte nicht mehr schreien, die Kräfte schienen ihn zu verlassen. Sein Glied indes glich einem Knüppel.

„Macht dich das geil?", schrie Ilka, die längst in Ekstase geraten war.

„Ja...", jammerte Marco, „mach' weiter! Spiel' in mir rum!"

Ilka merkte, wie ihr vor Geilheit der Saft die Oberschenkel hinablief. Sie begann, Marco mit ihren Fingern von innen zu verwöhnen. Dabei entspannte sich ihr Freund sichtlich, auch winselte er jetzt nicht mehr, stattdessen stöhnte er lustvoll und schob sein Hinterteil rhythmisch vor und zurück und rieb sich auf diese Weise selber von innen an Ilkas Fingern.

Plötzlich zog Ilka ihre Finger wieder raus...

„Warum machst du nicht weiter, Ilka?"
„Weil ich noch was Besseres habe!"
„So, was denn?"

Ilka griff nach dem silberfarbenen Anal-Dildo, bestrich ihn mit Gleitmittel – und schob ihn Marco ohne Vorankündigung durch die Rosette.

Mit so einem Gegenstand hatte Marco nicht gerechnet. Er erschrak – auch weil der Dildo so kalt war –, seine Ellenbogen knickten ein und er knallte mit dem Kopf auf das Bettlaken.

„Wunderbar!", rief Ilka, denn Marcos leichter Stellungswechsel hatte zur Folge, dass er ihr seinen Po noch besser entgegenstreckte und sie besonders intensiv mit dem Silber-Dildo in ihm rumstochern konnte.

Marco genoss den Druck in seinem Körper, er fuhr mit dem Hintern vor und zurück, damit der Dildo ihn noch mehr rieb, und rief laut: „Ilka, fick' mich so richtig durch!"

Daraufhin rammte Ilka den Dildo noch kräftiger in Marcos Darmende, sie beschleunigte, ja es war so glitschig in Marco, dass sie das silberne Ding zum Turbo-Stab werden ließ. Immer wieder rammte sie vor und zurück, Marco schrie, stöhnte, er rief, sie solle weitermachen, doch dann begann er unvorhergesehen zu zucken – und Ilka sah, wie sein Sperma in mehreren Stößen weit aus seinem Schwanz spritzte, direkt aufs Laken.

Marcos Orgasmus, so schien es, wollte überhaupt nicht enden; erst nach dem siebten Samen-Schuss hörten die Salven auf, es quoll jedoch weiterhin Saft auf seinem Schwanz heraus – bloß mit dem Unterschied, dass der Rest nicht durch die Luft spritzte, sondern schlaff nach unten herausfloss.

Ilka riss den Dildo aus Marco und ließ ihn vom Bett fallen. Sie hatte es eilig, wollte sein Sperma, deshalb krabbelte sie neben ihn, tauchte ihre Finger in die Samen-Pfützen, dann steckte sie sie in den Mund und ließ sich Marcos Milch schmecken.

Es schmeckte ihr so gut, dass sie Appetit auf mehr bekam. Sie sagte: „Marco, ich will, dass du mir dein Sperma in den Mund spritzt!"

Marco, der wegen seiner Augenbinde nicht hatte sehen können, dass Ilka sein Sperma in den Mund genommen hatte, antwortete verdutzt: „Aber ich bin doch schon gekommen, das ist doch jetzt zu spät!?"

„Dann kommst du eben gleich nochmal!", rief Ilka und klatschte ihm mit ihrer Hand auf den Hintern. „Oder willst du behaupten, deine Eier sind komplett leer?"

„Ich weiß nicht..."

„Schwächel' jetzt nicht rum!", schimpfte Ilka und packte ihn an den Eiern.

„Aua!", schrie Marco auf.

„Aua? Nun stell' dich mal nicht so an!"

„Du hast mir wehgetan."

„Ich tu' dir gleich nochmal *richtig* weh!" Ilka sprang auf, holte den Rohrstock und versohlte ihrem Freund fünfmal hintereinander den Hintern. Marco zuckte jedes Mal heftig zusammen und schrie laut vor Schmerz.

„Ich will alles von dir! Bis zum letzten Tropfen! Hast du verstanden?", rief Ilka und schlug erneut zu.

„Verstanden", wisperte Marco, „was wirst du diesmal machen?"

Da riss Ilka ihm die Augenbinde vom Gesicht, löste seine Fesseln und rief: „Nicht *ich* mache, *du* machst! Du wirst mich jetzt richtig durchficken!"

„Ich dich durchficken? Ich denke, du willst, dass ich *in deinem Mund* komme?"

„Das will ich ja auch! Aber ich will dich auch da unten" – sie zeigte mit dem Finger auf ihre Pussy – „noch mal richtig fett drin haben! Deshalb machen wir's so: Du fickst mich, dass die Wände wackeln, und wenn du kurz vorm Orgasmus bist, reißt du ihn raus, schiebst ihn mir in den Mund und feuerst ab! Verstanden?"

„Verstanden!", grinste Marco und freute sich, Ilka endlich ansehen zu können.

Ilka legte sich rücklings aufs Bett, riss ihre Beine in die Höhe und präsentierte Marco ihre Lusthöhle. Ihr gesamter Schambereich triefte vor Flüssigkeit. Ilka schob sich ihren Zeigefinger in die Muschi, sagte „Hier drinnen will ich deinen Kolben spüren, hier drinnen sollst du mich ficken!", dann zog sie den Finger wieder raus und ergänzte: „Los, Sklave, vögel' mich!"

Marco ging vor ihr auf die Knie, legte ihre Beine auf seine Schultern. Dann drang er in sie ein. Er fickte sie eine Viertelstunde lang so stark, dass Ilka in hellsten Tönen schrie und stöhnte. Als das Jucken in seinem Schwanz so stark wurde, dass er wusste, er ist kurz vorm Orgasmus, zog er sein Glied aus ihrer triefenden Spalte heraus, ging einen Schritt zurück, legte ihre Beine ab, dann kletterte er über sie drüber, bis sich sein Genitalbereich genau über ihrem Kopf befand. Ilka blickte von unten zu seinem geilen Schwanz hinauf. Sie öffnete ihren Mund, Marco ließ sich hinabsinken und sein Glied versank in ihrem Mund. Es war kaum drin, da kam Marco zum Höhepunkt und sein Samen ergoss sich in Ilkas Mundhöhle, von wo er direkt weiter in ihren Rachen lief.

Ilka schluckte gierig alles runter – und ganz nebenbei spielte sie mit der rechten Hand an ihrem Kitzler und mit der linken an ihren Schamlippen herum.

Und dann passierte es: Sie kam so stark, dass sie Marco dabei vor lauter Ekstase versehentlich heftig in den Schwanz biss.

Marco schrie laut auf, er riss seinen Schwanz aus Ilkas Mund und sein Körper krümmte sich vor Schmerz.

Zum Glück hatte seine Domina Mitleid mit ihm: Sie umfasste mit ihren Händen vorsichtig Marcos Schwanz, streichelte ihn und sprach dabei tröstende Worte.

Sie streichelte Marcos Schwanz so lange, bis der Schmerz allmählich nachließ, sein Schwanz sich wieder aufrichtete und er nach ausgiebiger Streichelmassage zu einem weiteren Höhepunkt kam...

* * *

Damit endete das Liebesspiel von Ilka und Marco. Die beiden waren zu erschöpft, um noch weitere Dinge auszuprobieren. Aber sie nahmen sich vor, schon bald wieder das Spiel „Domina und Sklave" zu spielen. Wobei Ilka sich inzwischen auch gut vorstellen konnte, es mal umgekehrt zu machen. Soll heißen: Sie würde die Sklavin sein – und Marco ihr strenger Herr und Befehlsgeber!

Steig zu uns ins Wasser!

Diese Geschichte ist aus der Sicht
des 52-jährigen Manfred geschrieben.

Kapitel 1

Ich weiß nicht, wann ich das letzte Mal in den Urlaub gefahren bin. Ist es sieben Jahre her? Oder vielleicht sogar acht? Seit ich meinen Büro-Job verloren hatte und aus der Not heraus zum Transportfahrer für Waren aller Art bei einer Spedition geworden war, kam nur noch wenig Geld in meine Kasse. War ich es in den Jahren zuvor gewohnt gewesen, viel zu verdienen, musste ich mich seit meinem Berufswechsel mit einem Monatslohn zufriedengeben, der gerade mal dazu reichte, die Monatsmiete für die Wohnung zu bezahlen und mich mit Lebensmitteln aus dem Discounter zu versorgen. Wann immer ich konnte – und das war leider nur selten der Fall – legte ich ein paar Euro an die Seite, um mir irgendwann hoffentlich einmal wieder einen Urlaub leisten zu können. Dieser Zeitpunkt war nun endlich eingetreten und so kam es, dass ich mir für sieben Tage eine Ferienwohnung im Harz mietete. In dieser Wohnung befand ich mich jetzt gerade, genauer gesagt: Ich saß wie schon so oft in den letzten Tagen in dem kleinen Garten, den ich von der Terrasse aus erreichte und in welchem es sich um diese Jahreszeit – es war Sommer und 29 Grad heiß – perfekt aushalten ließ.

Die Ferienwohnung war Teil eines Doppelhauses, das eigens zum Zweck der Vermietung an Urlauber gebaut worden war. Ich bewohnte die rechte Haushälfte, in der linken machten drei ausgesprochen hübsche junge Frauen Urlaub. Ihren Gesprächen, die bis in meine Gartenhälfte herüberklangen, konnte ich entnehmen, dass die Drei Studentinnen waren. Ihr Studienort war München, dort teilten sie sich eine WG, im Moment hatten sie Semesterferien und wollten einfach mal vom Studienalltag abschalten.

Ich war mit meinem Lieferwagen schon oft nach München gefahren. Ich selbst lebte in Duisburg, dort befand sich die Spedition, für die ich arbeitete.

Eigentlich hatte ich mir vorgenommen, in meinem Urlaub viel wandern zu gehen, aber es gab da etwas, das mich in meinem Garten hielt – die drei wunderschönen Grazien! Da sich zwischen unseren beiden Gartenhälften keine mannshohe Hecke, sondern lediglich ein kniehoher Holzzaun befand, konnte ich von meiner Gartenliege aus ganz ausgezeichnet zu ihnen hinübergucken: Und was soll ich sagen, ich konnte davon absolut nicht ablassen, denn das, was ich da täglich morgens bis abends zu sehen bekam, es waren so sexy Anblicke, die konnte ich mir nicht entgehen lassen!

Die Girls hatten wegen der Hitze keine Lust, wandern zu gehen oder andere Dinge zu unternehmen, hörte ich sie sagen, weshalb sie ihren Urlaub nahezu ausnahmslos in ihrem Garten und auf ihrer Terrasse verbrachten. Sie liefen die ganze Zeit über nur im Bikini herum, rekelten sich auf ihren Sonnenliegen, spielten gelegentlich etwas Badminton – zu zweit, die Dritte las währenddessen meist Zeitschriften oder ein Buch – oder sie spielten mit einem großen, bunten Wasserball, den sie sich im Stehen gegenseitig zuwarfen. Um nicht die ganze Zeit über zu schwitzen, hatten sich die drei Mädels außerdem ein großes Planschbecken gekauft, in welchem sie mal vom Gartenstuhl aus ihre Füße badeten, gelegentlich setzten sie sich aber auch mit ihren süßen Po-Pos hinein, planschten und spritzten sich dabei gegenseitig mit Wasser nass.

Den Gesprächen der Dreien hatte ich entnommen, dass sie Finja, Lara und Joline hießen. Und dass jede von ihnen 21 Jahre alt war, wobei Lara allerdings in drei Wochen 22 Jahre alt würde.

Wenn die Drei zusammen Ball oder wenn zwei von

ihnen Badminton spielten, sah ich besonders intensiv zu ihnen hinüber. Es schaute einfach mega-sexy aus, wie sportlich sie ihre schlanken Körper bewegten und der schönste Anblick bestand darin, dass ihre Brüste, deren Knospen sich hinter dem Stoff ihrer Bikini-Oberteile versteckten, so wunderbar auf- und abwippten. Ich selbst lag stets nur mit einer eng geschnittenen Badehose bekleidet auf meiner Sonnenliege und bekam jedesmal eine dicke Beule in der Hose, wenn ich die Girls mit ihren hüpfenden süßen Titten beobachtete. Ob die Mädels das von drüben sahen, weiß ich nicht hundertprozentig genau, ich glaube aber schon, denn die Art, wie sie mich aus der Ferne angrinsten, sprach eigentlich für sich.

Die drei divenhaften Gestalten waren aber auch an Schönheit und Sexyness nicht zu übertreffen! Finja hatte so lange dunkelbraune Haare, dass ihr diese fast bis zum Po reichten. Sie war schlank, ihr Körper verfügte aber dennoch über ausgeprägte Rundungen. Ihre Oberweite war geradezu üppig, ich dachte so manches Mal: Wow, Mädel, hast du aber große Titten! Die möchte ich am liebsten mit beiden Händen anpacken und mal so richtig schön durchkneten!

Lara war ebenfalls schlank, ihr Busen war deutlich kleiner als der von Finja, aber trotzdem höchst attraktiv. Lara hatte schulterlange blonde Haare und sie hatte einen ausgeprägten Kussmund mit vollen Lippen. Bei ihr kam mir immer wieder der Gedanke: Lara, hast du nicht mal Lust, meinen Schwanz in deinen feurigen Mund zu nehmen – ich würde dir zur Belohnung auch eine große Ladung Sperma in den Hals spritzen!

Joline war deutlich fülliger als die anderen. Sie war nicht fett, aber man merkte ihr an, dass sie gern etwas mehr aß. Ihre Titten waren extrem groß, ihr Arsch eine Wucht. Immer, wenn ich sie beobachtete, schoss mir sofort das Blut in den Schwanz und ich stellte mir vor, ich würde ihr in den Arsch ficken und ihr währenddessen mit weit nach vorn ausgestreckten Händen die Hupen kneten.

Bei Anblicken wie diesen verwundert es nicht, dass ich fast nie dazu kam, meine Zeitung zu lesen, die ich mir morgens vom Bäcker mitbrachte. Anstatt zu lesen, was in der Welt passierte, war ich nahezu unentwegt damit beschäftigt, zu den drei Girls rüberzugucken und mich an ihren süßen, hübschen Körpern zu erfreuen.

Die Mädels merkten das natürlich und wie gesagt: Ich gehe fest davon aus, dass sie auch sahen, dass mein Kolben gelegentlich groß und steif in der Badehose wurde. Ich merkte aber auch, dass sie sich dadurch nicht belästigt fühlten, sondern dass es ihnen im Gegenteil zu gefallen schien, dass mich ihre Körper und ihre Bewegungen erregten. Den Beweis dafür lieferten sie mir, indem auch sie immer mal wieder zu mir herüberschauten, mich dabei anlächelten, gelegentlich zwinkerten sie mir sogar zu. Dabei lachten und kicherten sie, was vermutlich daran lag, dass es sie amüsierte, dass sie nicht ein paar männliche *Studienkollegen* scharf machten, sondern *mich*, einen *52-jährigen* Mann, der keinen Sport trieb und seinen Bierbauch nicht verleugnen konnte.

Am vierten Tag meines Urlaubs waren die drei süßen Studentinnen besonders gut drauf: Sie planschten und spritzten wild in ihrem Pool umher, tranken dabei Sekt und wurden mit jedem Glas fröhlicher und lustiger.

Ich lag wie üblich auf meiner Gartenliege und beobachtete die Drei mit dicker Beule in der Badehose. Jolina, Lara und Finja kicherten laut und wild und schauten immer mal grinsend und augenzwinkernd zu mir herüber. Dass sie über mich sprachen, konnte ich zwar nicht heraus*hören*, ich *sah* es jedoch daran, dass sie ein paar Mal mit dem Finger auf mich zeigten und dabei jedesmal noch lauter kicherten als kurz zuvor.

Schließlich geschah es: Die süße Finja sah aus dem

Planschbecken direkt zu mir herüber. Sie zwinkerte mir zu, dann streckte sie ihre rechte Hand in meine Richtung aus und bewegte ihren Zeigefinger so, dass ich sofort verstand, was sie wollte: Sie winkte mich zu ihnen hinüber!

Im ersten Moment traute ich meinen Augen nicht, doch schon im zweiten Moment war mir klar, dass die Mädels es ernst meinten: Ich sollte über den Zaun klettern und zu ihnen in den Pool steigen!

Wow, dachte ich, das ist doch mal eine Einladung! Ich konnte dieser Einladung selbstverständlich nicht widerstehen, weshalb ich von meiner Liege aufstand und meinen in die Jahre gekommenen, viel zu dicken Männerkörper in Richtung Nachbargrundstück in Bewegung setzte.

Ich stieg über den Zaun, ging auf die jungen Frauen zu und begrüßte sie mit einem lässigen „Hi, ihr Drei! Na, jetzt begegnen wir einander endlich mal persönlich, nachdem wir uns die letzten Tage immer nur aus der Ferne über den Zaun gesehen haben. Ich bin Manfred."

„Hi, Manfred!", gackerten alle drei Mädels gleichzeitig los, bevor sie nacheinander riefen:
„Ich bin Finja!"

„Ich heiße Lara!"

„Und ich bin Joline!"

„Schön habt ihr's hier mit eurem Pool und wie ich sehe, lasst ihr es euch mit einem Schluck Sekt gutgehen!"

„Nicht nur mit einem", kicherte Lara, „das ist schon die zweite Flasche, die wir leeren!"

Woraufhin Joline fragte: „Willst du auch einen Schluck? Wir haben aber nur drei Gläser. Am besten, du trinkst direkt aus der Flasche, wie echte Kerle es machen. Du bist ja, wie ich sehe, ein echter Kerl, wenn ich so auf deine Badehose schaue!"

Es war mir nicht peinlich, dass Joline mir direkt auf meine ausgebeulte Hose guckte, im Gegenteil: Ich freute mich, dass sie Spaß daran hatte, dass ich einen Steifen hatte.

„Worauf wartest du noch, Manfred? Steig endlich zu uns den Pool!", forderte mich Finja schließlich auf, mich zu den drei Schönheiten ins Planschbecken zu setzen.

Ich stieg hinein und setzte mich zwischen die süßen Studentinnen.

Sofort packte Joline mit ihrer Hand meine Beule.

„Mann-o-mann", sagte sie grinsend, „da hast du aber was verdammt Hartes und Großes in deiner Hose. Wie kommt es denn, dass *er* so gut drauf ist? Liegt das etwa an uns drei Mädels?"

„Das fragst du?!", musste auch ich grinsen. „Woran sollte es denn sonst liegen?! Euch Dreien ist sicherlich nicht entgangen, dass ich schon seit Tagen nichts anderes tun kann, als zu euch rüberzugucken. So sexy und heiß wie ihr ausseht, *kann* mein Schwanz doch gar nicht anders, als groß zu werden! Ihr glaubt ja gar nicht, was der am liebsten alles mit euch machen würde!"

„Och, da kann ich mir so Einiges vorstellen" mischte sich Finja in das Gespräch ein. „Aber sag mal, Manfred, ist das nicht viel zu eng für deinen kleinen, pardon: für deinen großen Freund in der Badehose? Möchtest du ihn nicht lieber aus seiner Enge befreien? Wir könnten dir die Hose runterziehen, dann kann sich dein Süßer in voller Größe entfalten! Möchtest du, das wir das tun?"

„Na und ob ich das möchte!", rief ich und spürte, wie sogleich noch mehr Blut in meinen Schwanz schoss. Jetzt war er wirklich so groß, dass er mir fast die Badehose in zwei Teile riss.

Die Mädels schritten zur Tat, indem sie mir die Badehose die Beine runterzogen und sie aus dem Becken warfen.

„So, das hätten wir", sagte Finja.

Woraufhin Lara rief: „Die brauchst du jetzt nicht mehr!"

Das Beste aber sagte Joline: „Wow, Manfred, dein Schwanz ist ja ein echtes Prachtstück!"

Ich schaute nach vorn zwischen meine Beine und

konnte Joline nur zustimmen: Mein Pimmel war auf vollste Größe angewachsen, der Schaft war knallhart und die Eichel glutrot und bis aufs Extremste angeschwollen. Das kühle Wasser, das ihn umgab, tat gut, auch an den Eiern fühlte es sich angenehm frisch an.

Ich hätte in diesem Moment am liebsten alle drei Frauen gleichzeitig gefickt, so erregt war ich, doch noch hatten sie alle drei ihre Bikini-Höschen an und auch ihre Bikini-Oberteile trugen sie noch an ihren Körpern.

Lara, das Girl mit den kleinen Brüsten, schien meine Gedanken als Erste erkannt zu haben, sie sagte: „Na Manfred, du möchtest sicherlich, dass wir uns ebenfalls nackt machen, stimmt's?"

„Das wäre sehr schön", antwortete ich, mich interessiert nämlich sehr, wie eure Knospen und Nippel aussehen und natürlich würde ich mir auch gern eure süßen Muschis angucken!"

„Unsere Muschis?", kicherte Lara. „Warum denn unsere Muschis?"

„Na welcher Mann guckt sich nicht gern die Muschis hübscher Frauen an!?", antwortete ich. „Wenn ich eine Muschi sehe, macht mich das immer ganz scharf."

„Aber du bist doch schon scharf, oder warum ist dein Süßer da unten sonst so groß?"

„Und ob ich scharf bin. Aber wenn ich mir eure nackten Muschis angucken darf, werde ich in

Sekundenschnelle noch viel schärfer!"

„Stehst wohl auf enge Löcher, was?"

„Oh ja, da steh ich drauf! Also, was ist, macht ihr euch jetzt nackt oder nicht?"

„Machen wir. Also zumindest mach ich jetzt den Anfang und dann wirst du ja gleich sehen, ob meine beiden Freundinnen sich auch nackt machen oder nicht." Lara zog sich erst den BH sowie kurz darauf das Höschen aus.

Ich war total geflasht, als ich sah, wie hübsch nicht nur Laras Muschi war, sondern wie gut auch ihr Busen aussah. Tolle Knospen hatte sie und ihre Nippel, das erkannte ich sofort, waren fest, was wohl daran lag, dass es Lara erregte, sich vor mir nackt auszuziehen. Und ja, es machte sie auch scharf, mir auf den Schwanz zu schauen, sie sagte zu mir: „So einen großen Schwanz wie deinen hab ich noch nie gesehen! Ich glaub, den möchte ich mir jetzt sofort mal etwas genauer angucken!"

Laras Blowjob

Dies ist Kapitel 2 der Geschichte
„Steig zu uns ins Wasser!".

„Tu was du nicht lassen kannst!", antwortete ich Lara und war ganz heiß darauf, dass sie sich meinen steifen Pimmel gleich genauer angucken könnte. Er war rundherum von Wasser umgeben, was sich einfach nur geil anfühlte.

Lara beugte sich zu mir herüber. Ihre süßen Titten baumelten fröhlich in der Luft umher, doch je weiter sich Lara meinem Schwanz entgegen beugte, desto dichter kamen sie ans Wasser. Schließlich berührten ihre Nippel die Wasseroberfläche, bevor sie kurz darauf ins kühle Nass eintauchten und schließlich Laras kompletten Brüste darin versanken.

Nun befand sich ihr Busen also im Wasser, so wie sich auch ihre Beine und Füße, ihr Po und ihre Muschi im Wasser befanden. Ich schaute Lara zwischen die Beine und spürte, wie mir sofort mehr Blut in den Pimmel schoss. Ihre Muschi sah mega-geil aus: blitzblank rasiert und mit großen, fülligen Schamlippen. Wow, hatte dieses Girl eine heiße Spalte! Ich stellte mir vor, ihr meinen Schwanz in ihre Fotze zu schieben und sie ausgiebig zu ficken!

Aber halt, ficken könnte ich sie auch später noch! Jetzt wollte Lara sich ja erstmal meinen Schwanz genau angucken. Ihr Gesicht befand sich nun direkt über meinem Pimmel. Mit weit geöffneten Augen inspizierte die junge Studentin meinen knapp unter der Wasseroberfläche befindlichen Kolben. Schließlich tauchte sie ihren Mund ins Wasser ein und ehe ich es mich versah, ließ sie ihre Lippen über meine Eichel gleiten und nahm meinen harten Schwanz in den Mund.

Es fühlte sich mega-mäßig gut an! Lange hatte ich nicht mehr so etwas Geiles erlebt wie das, was mir in diesem Moment widerfuhr: Die hübsche Lara senkte ihren Kopf immer weiter ins Wasser hinab, so dass mein Schwanz innerhalb von Sekunden tief in ihrem Mund versank. Eng, ja ganz eng presste sie ihre Lippen an meinen knallharten Schaft, fuhr an ihm auf und ab und gleichzeitig leckte sie mir mit ihrer Zunge die Eichel.

Das süße Girl wusste genau, wie es einen Mann zu verwöhnen hat, damit die Lust und Erregung in ihm bis aufs Extremste ansteigt. Sie war eine Meisterin im Blasen, sie verstand es perfekt, an meinem Schwanz zu saugen, ihn zu lecken und mich derart scharf zu machen, dass ich ihr bereits jetzt, in diesem frühen Moment, mein Sperma in den Hals hätte spritzen können. Aber natürlich wusste ich mich zu bremsten – vollspritzen könnte ich dieses geile sexy Girl auch später noch, erstmal sollte sie weiter zeigen, was sie drauf hat, so geil bekommt ein Mann schließlich nicht alle Tage einen geblasen.

Immer mal wieder tauchte Lara für einen kurzen Moment aus dem Wasser auf, um Luft zu holen. Dann schaute sie mir lüstern in die Augen, bevor sie kurz darauf wieder abtauchte und ihr Blaskonzert fortsetzte. Ich streckte meine Arme aus, packte mit meinen Händen Laras Titten und knetete sie heftig durch.

„Was ist, willst du mir nicht zwischendurch auch mal die Eier lecken?", fragte ich Lara.

„Du junge Studentin nahm meinen Schwanz aus dem Mund, tauchte auf und sagte: „O ja, Manfred, und ob ich das will!"

Schon tauchte sie wieder ab und keine drei Sekunden später machte sie sich mit ihrem Mund an meinem großen, behaarten Sack zu schaffen.

Sie fing an, meinen Sack mit ihren Lippen in ihren Mund rein zu saugen. Es war absolut geil zu spüren, wie ihre Lippen meinen Sack umschlossen und wie Lara ihn mitsamt meinen darin befindlichen Eiern in ihren Mund hinein sog.

Als sie meinen kompletten Sack in ihrem Mund drin hatte, packte sie mit ihren Händen meinen Schwanz und begann ihn kräftig zu wichsen.

Ich war so geil, dass ich erneut am liebsten bereits jetzt gekommen wäre und dabei Unmengen an Sperma aus meiner Eichelspitze gespritzt hätte, aber ich bremste mich, denn dann hätte ich meine Sahne ja nur ins Wasser gespritzt. Dafür war mir mein Sperma aber viel zu schade. Nein, ich wollte Lara meine Sahne irgendwo reinspritzen – entweder in ihren süßen Mund oder in ihre geile Fotze oder meinetwegen auch in ihren Arsch – Hauptsache tief rein, ganz, ganz tief rein in diese sexy Frau.

Lara war noch immer dabei, an meinem Sack zu saugen, als mit einem Mal auch Finja Bikini-Oberteil und -Höschen auszog.

Finja kann auch blasen, Lara will geleckt werden

Dies ist Kapitel 3 der Geschichte
„Steig zu uns ins Wasser!".

„Lass mich mal ran, Lara", forderte Finja ihre Kommilitonin auf, meinen Sack auszuspucken und Platz zu machen, damit Finja sich an mir vergnügen konnte.

Lara zog ihren Mund zurück, woraufhin mein Sack aus ihm herausglitt. Sichtlich enttäuscht, dass jetzt Finja ihr Recht beanspruchte, setzte sie sich an die Seite und schmollte – das heißt, sie tat zumindest so, dabei grinste sie mich jedoch an und zwinkerte mir zu, womit sie mir zu verstehen gab, dass das Schmollen nur gespielt war.

„Rutsch nach vorn und leg dich im Wasser auf den Rücken!", forderte die nackte Finja mich auf. Ihr Anblick war bezaubernd, ihre Titten waren wirklich deutlich größer als die von Lara und ihr Arsch war eine Granate: knackig-sexy und mit herrlich runden Po-Backen – am liebsten hätte ich ihr vor Geilheit da reingebissen oder, noch besser, ihr jetzt sofort meinen Schwanz durchs Arschloch geschoben und sie so richtig schön anal gefickt.

Das ging jedoch nicht, denn ich sollte mich ja auf den Rücken legen und kaum dass ich das getan hatte, beugte Finja ihren Kopf über meinen Schwanz, dessen Spitze aus dem Wasser rausguckte, und fing an, ihn zu blasen.

Wow, auch Finja beherrschte diese Kunst perfekt! Eng umschloss sie mit den Lippen ihres Mundes meinen Schaft, fuhr damit an ihm auf und ab und natürlich leckte auch sie mit ihrer Zunge an meiner Eichel. Ab und zu kam mir ein Lusttropfen vorn aus der Spitze gequollen. Finja leckte jeden einzelnen Tropfen ab, ließ ihn sich auf der Zunge zergehen und zwinkerte mir dabei lüstern zu.

Meinen Kopf hatte ich auf dem Rand des Planschbeckens abgelegt. Und dann passierte es: Während Finja weiter dabei war, mir einen zu blasen, stand Lara auf, stieg mit einem Bein über mich rüber, dann setzte sie sich mit ihrem Po so auf mein Gesicht, dass sie dabei in die Mitte des Pools schauen konnte.

„Los, Manfred, leck mir den Arsch und die Muschi!", rief sie.

Das ließ ich mir nicht zweimal sagen! Wie geil war das, was ich hier gerade erlebte! Finja war noch immer am Blasen, und auf meinem Gesicht saß Lara mit ihrem süßen Arsch! Mein Schwanz pulsierte, so geil machte mich das alles! Ich fuhr meine Zunge aus und begann, von unten an Laras blankrasierter Fotze zu lecken. Ich

188

fuhr mit meiner Zungenspitze an ihren prallen Schamlippen entlang und manchmal bohrte ich meine Zungenspitze in ihre Spalte rein. Ich schmeckte ihren Mösensaft und spürte, wie mich dieser noch geiler machte.

Dann bewegte ich meine Zunge nach hinten, denn selbstverständlich wollte ich auch an Laras Arsch lecken. Ich fuhr mit meiner Zungenspitze an ihrer Po-Ritze entlang, leckte mal an ihren Arschbacken, mal leckte ich ihr die Ritze aus. Es war einfach nur geil und ich wäre fast in Finjas Mund gekommen, aber es gelang mir zum Glück auch dieses Mal, mich zu beherrschen und meinen Orgasmus weiter hinauszuzögern.

Übrigens hatte nicht nur Lara eine blank rasierte Muschi, auch die von Finja, das hatte ich kurz gesehen, war tip-top rasiert. Allerdings hatte Finja nicht ganz so üppige Schamlippen. Egal, dachte ich, dafür hatte das Girl ja mehr Oberweite als Lara.

Mach die Beine breit, Lara!

Dies ist Kapitel 4 der Geschichte
„Steig zu uns ins Wasser!".

Irgendwann konnte ich nicht mehr vor Geilheit: Laras pralle Schamlippen, an denen ich noch immer leckte, dazu ihr geiler Mösensaft und unten an meinem Schwanz das Geblase von Finja, all das machte mich so mega-geil, dass ich jetzt unbedingt ficken wollte – und zwar Lara, wegen ihrer dicken Schamlippen, da wollte ich mich mit meinem Pimmel dran reiben und ich wollte ihr dabei tief in die Fotze stoßen. Ich riss mich deshalb von den beiden Frauen los und rief: „Los, Lara, leg dich im Pool auf den Rücken und mach die Beine breit, damit ich dich ficken kann!"

„Habt ihr das gehört, Finja und Joline? Manfred will mich ficken!", jubelte Lara.

Finja und Joline rückten an die Seite und machten Platz für Lara, damit diese sich hinlegen und die Beine spreizen konnte.

Lara hatte es sich kaum bequem gemacht, da stieg ich auch schon über sie und führte meinen Pimmel an ihre Möse ran. Ich ließ ihn in ihre Fotze gleiten, woraufhin mich ein weiterer heftiger Erregungsschwall durchfuhr, dann fing ich an, Lara so zu ficken, dass es sie richtig geil machte und sie laut zu stöhnen begann.

Ich war vor lauter Erregung kaum zu halten. Auch ich fing laut zu stöhnen an, rief mehrmals hintereinander: „Du geiles Fickluder!", ich stieß Lara schnell und heftig, mein Schwanz schoss in ihrer Fotze vor und zurück. Es war so was von geil, was ich gerade mit der süßen Studentin erlebte!

Und die beiden anderen Girls? Ich schaute nach rechts und links, da sah ich Finja und Joline nahe des Planschbecken-Rands im Wasser sitzen. Joline war gerade dabei, sich auch nackt zu machen, sie schien keine Lust mehr zu haben, als Einzige bekleidet im Wasser zu sitzen. Sie zog sich Bikini-Oberteil und Höschen aus, warf beides auf den Rasen. Ich schaute ihr auf die Möse – jeah, sie war genauso blitzblank wie die Muschis ihrer beiden Kommilitoninnen! Was für ein geiler Anblick! Joline bemerkte natürlich sofort, dass ich ihr auf die Spalte starrte. Sie zwinkerte mir zu, dann rief sie: „Aber die fickst du *nicht!*"

Erstaunt rief ich zu ihr rüber? „Wieso das denn nicht?"

Da antwortete Joline: „Weil ich deinen Kolben lieber in einem *anderen* Loch spüren möchte!"

Meinte sie ihren Mund oder ihr Arschloch? Ich wusste es nicht, wollte sie gerade danach fragen, doch sie ließ mich nicht zu Wort kommen, sondern rief mir zu: „Fick erstmal Lara weiter! Danach verrate ich dir, welches Loch ich meine!"

„Alles klar!", rief ich Joline zu, dann sagte ich zu Lara: „Na, meine Süße, willst du, dass ich gleich in deiner Möse komme? Ich hab dicke Eier, da ist genug Sahne für euch alle drin! Wenn ich dir jetzt mein Sperma in die Fotze jage, kann ich anschließend Joline eine Ladung in ihr Wunsch-Loch schießen. Und Finja, für dich hab ich auch noch genug Leckeres an Bord!"

„Oh ja, spritz mir die Fotze voll!", rief Lara und klang dabei so geil, dass ich wusste: Ich wollte nicht mehr lange warten, sondern mich jetzt gleich in ihr ergießen! Ich wollte in ihr kommen, ich wollte ihr mein Sperma in die Fotze spritzen, ich wollte, dass sie meine Sahne von innen spürt und dass sie das so geil macht, dass sie auch selber kommt.

Laras Spalte war klitschnass, von außen sowieso, da war ja das Planschbecken-Wasser, aber auch von innen, denn Lara produzierte viel, viel Mösensaft. Ich rammte meinen harten Schwanz heftig in Laras Fotze vor und zurück und als ich kurz davor war zu kommen, packte ich mit meinen Händen Laras Titten und knetete sie durch.

Dann geschah es: Ich schrie vor Ekstase laut auf, mein Sperma schoss mir durch den Schaft, ich spritzte es Lara ganz tief in die Fotze. „Jaaa!!!", schrie ich und genoss meinen Orgasmus.

Laras Stöhnen wurde zum Schreien, sie rief jetzt ebenfalls „Jaaa!!!", dann kam auch sie heftig, ihre Möse zuckte extrem. Und nicht nur das: Ihr ganzer Körper fing zu zucken an! „Das ist so geil!!!", schrie Lara, während mir noch immer Sperma aus der Eichelspitze spritzte – ich hatte wirklich viel Sahne im Tank. Gut so, dachte ich, denn gleich würde ich ja auch noch Finja ficken, in welches Loch auch immer. Und Joline sollte ebenfalls eine kräftige Ladung abbekommen – drei so sexy Studentinnen, die *musste* ich einfach allesamt besamen!

Ich kniff Lara aus Spaß in die rechte Brustwarze und rief: „So, meine Süße! Ich hoffe, der Fick hat dir gefallen!"

„Ob mir der Fick mir gefallen hat? Na klar hat mir der Fick gefallen! So einen Riesen-Schwanz und so viel Sperma, das war einfach mega-geil!", antwortete Lara.

Joline will in den Arsch gefickt werden

Dies ist Kapitel 5 der Geschichte
„Steig zu uns ins Wasser!".

„Dann darfst du jetzt an die Seite rutschen und Platz für Joline machen. Was ist, Joline, in welches Loch möchtest du von mir gefickt werden, wenn's nicht die Fotze sein soll? In den Mund? Oder soll ich dir den Arsch ficken?"

„Den Arsch, Manfred! Ich will, dass du mir deinen geilen Pimmel tief in mein Arschloch reinschiebst und mich da so richtig kräftig durchfickst! Machst du das? Bitte!"

„Na klar mach ich das, meine Süße!", lachte ich und spürte, wie mein Schwanz, der nach meinem Orgasmus kurz ein wenig erschlafft war, sofort wieder auf volle Größe anwuchs und dabei knallhart wie Stahl wurde.

„Danke Manfred, danke! Ich bin so geil und kann es gar nicht abwarten, deinen Schwanz tief in meinem Hintern zu spüren!", rief Joline.

Na dann beweg deinen Körper mal in die Mitte des Pools und geh vor mir auf die Knie, damit sich dein geiler Arsch direkt vor meinem Pimmel befindet!", befahl ich ihr.

Joline tat sofort, was ich wollte. Sie ging vor mir auf die Knie und es sah mega-geil aus, wie sie mir ihren knackigen, prallen Arsch entgegenstreckte. An meinem Schwanz klebte noch genug von Laras Mösensaft, weshalb ich kein Gleitgel benötigte, um Joline den Allerwertesten ficken zu können. Ich ging ebenfalls auf die Knie, bewegte mich dabei von hinten an sie heran, dann stieß ich ihr meinen Schwanz in die Arschritze.

Was für ein geiles Gefühl!

Joline sah echt scharf aus, speziell jetzt, wo sie vor mir kniete und mir ihren prallen Hintern präsentierte. Wie ich schon sagte: Sie war von den drei Girls diejenige, die am meisten Speck auf den Rippen hatte. Rundherum etwas fülliger, aber nicht fett. Sie hatte große Titten, so prall wie Melonen. Und einen fülligen, festen Arsch. Ein Prachtweib, diese Studentin!

Joline stöhnte laut auf, als mein Schwanz sich in ihre Arschritze hineinbohrte. Sie rief: „Oh ja, Manfred, das ist geil! Stoß ihn tiefer rein, viel tiefer! Und dann fick mich! Durchbohr mir die Rosette und fick mich so tief es geht!"

„Kannst du haben, Süße!", rief ich und begann, die Studentin nach Herzenslust anal zu ficken.

Ich stieß meinen Schwanz in Jolines Arsch vor und zurück. Richtig schön eng fühlte es sich in ihrer Ritze an, das machte mich extrem geil. Noch war ich nicht bis zu ihrer Rosette vorgedrungen, aber gleich würde ich ihr Arschloch erreicht haben und mich hindurch bohren.

Joline stöhnte immer heftiger und auch ich stöhnte, denn es erregte mich total, der Studentin den prallen Arsch zu ficken.

Dann hatte ich ihr Arschloch endlich erreicht. Ihre Rosette gab den Weg tiefer in Joline hinein sofort frei und dank genug Mösensaft von Lara an meinem Pimmel glitt dieser ohne jeglichen Widerstand so tief wie es nur ging in Jolines Innerstes hinein.

„Wow bist du eng da hinten!", rief ich und fing an, Jolines dicken, festen Arsch komplett durchzuficken. Ich stieß immer heftiger und auch immer schneller zu. Joline begann vor Geilheit laut „Jaaa!!!" und „Mach weiter!!! Fick meinen Arsch, bis er glüht!!!" zu schreien.

Joline genoss es total, wie ich es ihr anal besorgte. Jeder Stoß in ihren Arsch ließ sie noch heißer werden, jede Fickbewegung versetzte sie noch mehr in Ekstase. Ihre Melonen-Titten schwangen wild hin und her. „Ich hab noch nie einen solch langen, dicken Schwanz in meinem Arschloch gehabt!", rief sie.

„Einmal ist immer das erste Mal!", lachte ich und hatte irre Spaß, ihr den Arsch zu ficken.

Und dann hatte ich noch eine besondere Überraschung für Joline parat: Ich führte meinen linken Zeigefinger von unten an ihre Möse ran und begann, der

Studentin zusätzlich zu ihrem Arsch auch ihren Kitzler zu verwöhnen. Ich berührte ihn mit meinem Zeigefinger, streichelte und massierte ihn.

Joline konnte nicht anders, sie schrie lautstark „Jaaa!!! Das ist geil!!! Mach weiter!!!", dann stöhnte sie mehrfach hintereinander, und zwar laut und geil.

Sie wurde noch lauter, als ich auch noch meinen Mittelfinger hinzunahm, mit diesem erst ebenfalls ihren Kitzler streichelte, ihn dann aber in ihre Fotze schob.

Was für ein geiler Fick! Ich rammte meinen Schwanz mit voller Kraft in Jolines Arsch vor und zurück, mein Mittelfinger steckte in ihrer glitschigen Fotze und mein Zeigefinger spürte ihre Klitoris – schärfer ging's nicht!

Das fand auch Joline. „Fuck, ist das geil!!!", rief sie und fing an, ihr Becken vor- und zurückzubewegen. Damit ging die Bewegung jetzt also von uns beiden aus – von *ihr*, indem sie *ihr* Becken bewegte, und von *mir*, indem ich *mein* Becken und so meinen Schwanz in ihrem Arsch vor- und zurück rammte!

Ich genoss es, wie Jolines dicke Arschbacken gegen meine Lenden klatschten. Eine Viertelstunde lang fickte ich sie so, dann beschloss ich, dass es an der Zeit war zu kommen und ihr meine Sahne tief hinten rein zu spritzen. Ja, ich wollte mich jetzt in ihr ergießen, ich wollte ihr mein Sperma in den Arsch spritzen. Mein Pimmel juckte, ich war unmittelbar vorm Orgasmus.

Eines wollte ich vorher aber noch kurz machen. Ich

hatte ja noch meine rechte Hand frei, die führte ich an Jolines Riesen-Titten ran. Ich packte mit Schwung ihre rechte Melone, knetete sie kräftig, dann kniff ich Joline in den Nippel, woraufhin sie vor Geilheit und Ekstase laut „Fuck, wie geil!!!" schrie.

Gleichzeitig fickte ich Joline weiter mit meinem Schwanz die Arschritze und die Rosette.

Schließlich wurde mein Jucken so stark, dass ich meiner Sahne freien Lauf ließ: Ich kam heftig, die Fickmilch schoss mir von innen den Schaft hinauf, sie spritzte in hohem Bogen aus meiner Eichel und verteilte sich tief in Jolines Innerstem.

„Ja, das fühlt sich geil an!!!", schrie Joline.

Mein Orgasmus wollte nicht enden, mir schoss weiter die Sahne aus dem Pimmel.

„Oh ja, gib mir alles!!!", rief Joline.

Dann kam auch sie. Ihr Arsch zuckte, ihre Rosette ebenfalls, schließlich zuckte ihr gesamter Körper und das Girl rief: „Manfred, das war der geilste Arschfick, den ich je erlebt habe!!!"

Tittenfick für Finja

Dies ist Kapitel 6 der Geschichte
„Steig zu uns ins Wasser!".

Während ich meinen Spaß mit Lara und Joline gehabt hatte, war Finja nichts anderes übriggeblieben, als uns zuzuschauen. Aber natürlich wollte ich auch sie noch ficken. Ich hatte erst *zwei* Portionen Sahne verspritzt, in meinen Eiern befand sich aber *noch mehr* Sperma. Die *dritte* Ladung sollte für Finja sein.

„Los, Finja, knie' dich so vor mir hin, dass du mir in die Augen schaust!", rief ich ihr zu.

Finja tat sofort, was ich wollte. Sie kniete sich vor mich, wir sahen einander in die Augen, ich rief: „Jetzt bist du an der Reihe, Schätzchen! Lass dich von mir verwöhnen!"

Sie antwortete: „Darauf hab ich gewartet! Hast du denn noch genug Sperma in deinem Sack, dass ich auch eine Ladung abkriege?"

„Na klar hab ich das!", antwortete ich. „Schau dir meine Eier an: Sie sind groß, da ist noch genug Sahne drin. Hast du einen Wunsch, wo du meine Fickmilch hinhaben möchtest, oder soll ich dich überraschen?"

„Überrasch mich, Manfred! Mir ist egal, wo du sie mir hinspritzt, die Hauptsache ist, ich krieg eine Ladung!

Und ich hoffe, es ist eine große! Ich steh nämlich total auf Sperma!"

„Keine Sorge, Süße, ich hab noch genug Sahne für dich im Sack!", rief ich Finja zu, woraufhin ihr Blick lüstern und geil wurde.

„Oh ja, Manfred, gib mir alles!", rief sie.

„Das mach ich, Finja, das mach ich ganz bestimmt!", lachte ich und freute mich darauf, es nun der dritten im Bunde besorgen zu können.

Ich kniete genau vor Finjas Körper. Mein Schwanz war auch nach meinem zweiten Orgasmus sofort wieder groß und hart geworden. Ich führte meinen steifen Pimmel an Finjas Titten ran und begann, ihn zwischen ihren Möpsen zu reiben. Ich presste Finjas Titten rechts und links gegen meinen Kolben und fickte mit ihm ihre Hupen. Finja sah mich geil an, sie rief: „Oh ja, Manfred, reib deinen Schwanz an meinen Titten!"

Das tat ich äußerst kräftig. Finjas Möpse zu ficken, war echt total antörnend. Ich war so geil, dass mir zwischendurch immer wieder Lusttropfen aus der Eichelspitze getropft kamen. Zwischen Finjas Titten wurde es darum zunehmend feuchter.

Mir war klar: Richtig nass und klebrig würde es zwischen ihren Titten werden, wenn ich dort kommen würde. Ich würde ihr eine Riesenladung Sperma zwischen die Titten spritzen. Aber wollte ich Finja auf diese Art einsamen? Oder wollte ich ihr meine Fickmilch lieber woanders hinspritzen? Anderseits: Vielleicht hatte ich ja sogar noch genug Sperma für *zwei* weitere Orgasmen im Sack?

Ich kannte meine Eier und wusste, dass da stets viel drin war. Warum also sollte ich mich mit *drei* Orgasmen und Samenergüssen – einer in Laras Fotze, einer in Jolines Arsch und einer in einem von Finjas Löchern – zufriedengeben?! Ja, ich war mir in diesem Moment absolut sicher, dass ich Finja *zweimal* einsamen und somit *vier* Orgasmen und Samenergüsse erleben könnte. Deshalb beschloss ich, Finja jetzt also tatsächlich erst die Titten vollzuspritzen, bevor ich ihr anschließend eine weitere Ladung Sahne in eines ihrer Löcher spritzen würde.

„Ich öl dir jetzt die Titten ein!", rief ich Finja zu. Dann presste ich ihre Möpse noch fester an meinen Schwanz und fickte ihren Busen so heftig, wie es nur ging.

„Oh ja, Manfred, schmier mir die Titten voll!", stöhnte Finja.

Ich ließ es schnell geschehen: Nach knapp einer Minute Tittenfick kam ich so heftig zwischen ihren Brüsten, dass mein Schwanz gar nicht wieder mit dem Spritzen aufhören wollte. Immer wieder zuckte mein Rohr und weitere Sperma-Ladungen schossen aus ihm heraus.

Finja schrie laut: „Jaaa, das fühlt sich so geil an!!!"

Doch es sollte sich noch viel geiler für sie anfühlen:

Ich zog meinen Schwanz zurück, schob meine Hände zwischen ihre Titten und dann fing ich an, meine Hände nach rechts und links zu schieben und mein Sperma so auf Finjas kompletter Brust zu verschmieren. Ich massierte ihr meine Fickmilch in ihre Titten ein, schmierte es ihr auf Knospen und Nippel.

„Geil, Manfred, das klebt so schön!!!", stöhnte Finja.

„Freu dich, Finja, gleich kriegst du noch eine zweite Ladung von mir ...

Schluck's runter, Süße!

Dies ist Kapitel 7 der Geschichte
„Steig zu uns ins Wasser!".

... aber die spritz ich dir nicht zwischen die Titten, sondern in den Mund!"

„Oh ja, das ist gut, Manfred! Dein Schwanz hat sich vorhin schon so geil in meinem Mund angefühlt, dass ich mir wünschte, du würdest darin kommen und mir eine Ladung Sahne in den Hals spritzen! Schön, dass du das jetzt gleich machen wirst!"

Mein Schwanz war nicht mehr komplett steif, aber immer noch deutlich größer als im Normalzustand. Ich packte ihn mit meiner rechten Hand, hielt ihn Finja entgegen und rief: „Los, Finja, wichs ihn!"

Die Studentin wusste, wie sie vorgehen muss: Mit beiden Händen umfasste sie meinen Pimmel und fing an, ihn zu streicheln und, als er härter wurde, zunehmend fester zu reiben.

Wow, das fühlte sich geil an. Ich genoss es, wie Finja mir den Schwanz wichste, und dabei sah ich auf ihre vollgeschmierten Titten.

„Bist ein geiles Luder!", rief ich und konnte es kaum abwarten, der jungen Schönheit meinen Pimmel in den Mund zu stecken. „Los, leg dich mit dem Rücken ins

Planschbecken und leg deinen Kopf auf dem Rand ab, Finja! Dann steig ich über dich und schieb dir meinen Schwanz in den Mund!"

Finja tat, was ich von ihr verlangte.

Ich stieg über die Studentin und mein Schwanz war jetzt wieder so hart und fest wie ein Stahlrohr.

„Mach den Mund auf!", befahl ich.

Finja gehorchte.

Ich schob ihr meinen Schwanz tief den Mund.

„Mach den Mund zu, damit es sich schön eng anfühlt!", sagte ich.

Finja tat, was ich wollte. Mit ihren Lippen umschloss sie den Schaft meines Kolbens.

Ich fing an, Finjas Mund zu ficken und stieß dabei erst sanft und langsam, dann immer fester und immer schneller in ihre Mundhöhle rein.

Finja stöhnte und weil sie der Fick in den Mund schnell extrem geil machte, wurde ihr Stöhnen lauter und lauter, bis sie schließlich Lustschreie von sich gab. Das hörte sich lustig an, was daran lag, dass sie ja meinen Schwanz in ihrem Mund hatte, während sie schrie.

Ich fickte Finja tief bis in den Hals. Ich stieß sie so tief, dass sie zu würgen begann. Sie fand das aber geil und gab mir zu verstehen, dass ich unbedingt weitermachen sollte.

Na dann!, sagte ich mir und fickte die hübsche

Studentin noch stärker. Ich fickte ihren Mund bis ganz tief hinten kräftig durch, Finja schrie dabei weiter vor Geilheit und Ekstase.

Ich war erstaunt, wie lange sie es durchhielt. Immer wieder überkam sie der Würgereiz, doch jedesmal ließ sie mich wissen, dass ich weitermachen sollte. Ich denke, so manch andere Frau hätte sich längst übergeben, aber Finja wollte weiter von mir in Mund und Hals gefickt werden.

Ich stieß also weiter und genoss es, wie ihre Lippen dabei an meinem Schaft entlangglitten.

So trieben wir es 20 Minuten. Erst dann ließ ich meinen Orgasmus kommen und als er da war, schoss mir mein Sperma in hohem Bogen aus der Eichelspitze – ganz tief in Finjas Rachen hinein. Mein Schwanz zuckte und das, was da an Fickmilch aus ihm herausgespritzt kam, es war mehr als das, was bei *allen drei vorherigen Orgasmen zusammen* aus ihm herausgespritzt war.

Finjas Augen strahlten vor Freude, so eine Riesenladung Sperma hatte ihr anscheinend noch nie ein Mann in den Mund gespritzt. Ich war selbst erstaunt über die irre-große Menge an Sahne, die ich da gerade abfeuerte.

Was mich aber am meisten freute, war: Die süße Studentin schluckte artig alles runter!

„Brave Finja", sagte ich schließlich zu ihr, „du weißt, was sich gehört!"

„Na klar weiß ich das!", lachte Finja. „Außerdem schmeckt dein Sperma so gut, da wäre es doch unklug, wenn ich nicht alles runterschlucken, sondern einen Teil ausspucken würde!"

Da hatte Finja natürlich recht.

Erschöpft und glücklich ließ ich mich in den Pool sinken. Jetzt, nach vier Orgasmen mit drei so geilen Studentinnen hatte ich für heute genug. Auch die Girls ließen sich entspannt und zufrieden ins Wasser sinken.

„Und, Manfred, was ist? Kommst du uns morgen wieder besuchen?", fragte Finja, bevor ich mich von dem hübschen Trio verabschiedete.

„Sehr gern!", sagte ich zu den drei Girls und schob lachend nach: „Ich *komme* euch morgen wieder besuchen – und ich *komme* morgen wieder in euch Dreien!"

„Wir freuen uns auf dich, Manfred!", riefen gleichzeitig Lara, Finja und Joline.

„Und ich mich auf euch!", antwortete ich und ergänzte: „So macht Urlaub Spaß!"

Partnertausch auf Mallorca (2)

Vorwort

Liebe Leserin, lieber Leser,

dies ist die Geschichte von Carina (23) und Michael (25). Das Paar startet in seinen ersten gemeinsamen Urlaub, das Reiseziel lautet Palma de Mallorca. Eigentlich soll es ein ganz normaler Urlaub werden: Carina und Michael wollen am Strand und am Swimming-Pool liegen und die Sonne genießen, sie möchten im Meer und im Pool baden, sie wollen die Insel erkunden, gut essen und selbstverständlich möchten sie auch Sex miteinander haben. Zu zweit, ganz intim, in aller Vertrautheit.

Doch dann passiert es: Auf der Fahrt zum Flughafen erzählt ihnen der Taxifahrer von einem Partnertausch-Erlebnis. Das weckt in Carina und Michael die Lust, dies ebenfalls einmal auszuprobieren, sprich: Carina möchte mit einem fremden Mann und Michael mit einer fremden Frau ins Bett steigen.

Doch mit welchem Pärchen könnten die Zwei die Partner tauschen? Sie halten Ausschau nach einem Paar, das für sie infrage kommen könnte.

Das alles und wie es weitergeht liest du diesem E-Book. Ich versichere dir schon jetzt: Es geht darin absolut heiß und unzensiert zu. Sei live dabei und erlebe mit, wem Carina und Michael auf der Insel begegnen und was sie dort Scharfes erleben!

Die Geschichte wird dir aus der Sicht von Carina erzählt. Sie schildert dir anschaulich jedes noch so kleine Detail!

Ich verspreche dir: Diese Geschichte wird dir feuchte Träume bescheren!

Deine Erotik-Autorin Lilly Redheart

Letzte Urlaubsvorbereitungen

Dies ist Kapitel 1 der Geschichte
„Partnertausch auf Mallorca (2)".

Unser erster gemeinsamer Urlaub! Mallorca! Wie sehr hatten wir beide uns darauf gefreut! Wir, das sind mein Freund Michael und ich, Carina. Schnell noch die Koffer zu Ende packen und dann würde es gleich losgehen in Richtung Flughafen.

Michael ist 25, ich bin 23. Wir kennen uns seit gut einem Jahr; seit elf Monaten sind wir zusammen. Erstmals begegnet sind Michael und ich uns in der Disco. Also ganz klassisch, fast so wie man sich früher kennengelernt hat. Nix Online-Dating oder so etwas.

Ich war an einem Samstagabend gemeinsam mit drei Freundinnen erst durch die Bars gezogen, bevor wir anschließend in die größte der drei örtlichen Discotheken fuhren. Dort begegnete ich auf der Tanzfläche Michael. Er war mit vier Kumpels da, sie alle tanzten kräftig ab an dem Abend.

Irgendwann ergab es sich, dass ich plötzlich mit Michael tanzte. Ich fand ihn auf Anhieb sympathisch: groß, schlank, kurze braune Haare und immer ein fröhliches Lachen im Gesicht. Er trug eine dunkelblaue Jeans an dem Abend und ein weißes Oberhemd. Dazu einen schwarzen Ledergürtel und schwarze Lederschuhe. Er sah echt elegant aus in seinem Outfit.

Ich hatte mich leger, aber schick angezogen an besagtem Abend: enge weiße Jeans, ein ebenso eng geschnittenes pinkes Oberteil, Turnschuhe. Jeans und Oberteil betonten meinen Körper: meine Beine, meinen Po und vor allem meinen Busen. Es kam alles wunderbar zur Geltung.

Michael schien Gefallen daran zu finden, aber ich glaube, es war vor allem meine lockere, fröhliche Art, die ihn beeindruckte. Auch wenn er mir beim Tanzen natürlich gern auf meine Brüste starrte – aber welcher Mann guckt bei so eng verpackten, prallen Früchten freiwillig weg? Keiner natürlich!

Nun, wir kamen uns jedenfalls näher, tauschten Telefonnummern aus und versprachen uns gegenseitig, dass wir uns schnell wiedersehen würden.

So kam es dann auch: Schon am Dienstag der darauffolgenden Woche trafen wir uns abends in einer Bar, tranken ein paar Cocktails, gingen anschließend zu Michael in seine Wohnung und landeten schließlich gemeinsam in seinem Bett.

Ob ich mich dafür schäme, dass wir so schnell miteinander ins Bett stiegen? Warum sollte ich!? Ich meine, andere Leute wären wahrscheinlich bereits am

ersten Abend miteinander in die Federn gekrochen –
wir aber haben uns nach dem Disco-Besuch erst einmal
voneinander verabschiedet und sind jeder für sich nach
Hause in die eigene Wohnung gefahren.

Aber am Dienstag, da konnten wir dann beide nicht
länger voneinander lassen. Es wurde eine heiße, feurige
Nacht. Michael zeigte mir, dass er ein heißer Lover ist –
er verwöhnte mich nach allen Regeln der Liebeskunst.

Und ich? Ich zeigte ihm, was es heißt, wenn eine Frau
einen Mann perfekt verwöhnt, sprich: Ich gab mich
Michael nicht nur passiv hin, sondern ich war selber
ebenso aktiv wie er. Klar, dass ich ihm dabei auch einen
tollen Blowjob bescherte.

Wir erlebten schließlich jeder einen Höhepunkt, wie
wir ihn noch nie zuvor mit einem anderen Partner
beziehungsweise einer anderen Partnerin erlebt hatten.
Es war wunderbar und viel mehr als nur Sex – wir
spürten beide, dass zwischen uns Liebe aufkeimte!

Nun aber zurück zum Kofferpacken. Hatte ich alles in
den Koffer gelegt? Mini-Röcke, Bikini, Zahnbürste,
Sonnencreme, ein paar gute Bücher – es schien, als
hätte ich alles eingepackt. Also Koffer zu, Namensschild
dran, die Handtasche daneben gelegt. Ich rief meinem
Freund zu: „So, Michael, ich bin fertig, von mir aus
kann's losgehen!"

„Ich bin auch gleich soweit, Carina! Nur noch ein paar

letzte Sachen einpacken. Duschgel, noch eine weitere Jeans, ach und soll ich eigentlich auch das karierte, kurzärmlige Oberhemd mitnehmen?"

„Na klar sollst du das! Du weißt doch, dass dies das Hemd ist, was ich am liebsten an deinem Body sehe! Es steht dir einfach wahnsinnig gut! Also los, Michael, pack es ein und dann mach deinen Koffer zu – ich kann es kaum noch abwarten, endlich zum Flughafen aufzubrechen!"

Die Aufregung steigt

Dies ist Kapitel 2 der Geschichte
„Partnertausch auf Mallorca (2)“.

Ich gebe zu, ich war wahnsinnig aufgeregt an diesem Tag. Das erste Mal zusammen mit Michael in Urlaub – wie sehr hatte ich mich darauf all die letzten Tage gefreut! Und nun war er endlich da, der langersehnte Tag. Wir würden mit dem Taxi zum Flughafen fahren und dann mit dem Flieger direkt nach Mallorca düsen! Ich liebe diese Insel! Ich war zuvor schon ein paar Mal da, aber immer nur mit Freundinnen, nie mit Michael.

Diesmal würden all meine Freundinnen zuhause bleiben, denn dieses Mal sollte es ein Urlaub zu zweit werden. Der erste gemeinsame Urlaub von Michael und mir. Michael, mein Traumprinz! Oh, das wird ganz bestimmt wunderschön, war ich mir sicher.

Apropos Freundinnen: Ich weiß noch... das letzte Mal... mit meinen Girls. Mit Lisa und Jana war ich da, ach ja, und Luisa war auch mitgeflogen. Wir vier Mädels auf Mallorca – keine von uns hatte zu jener Zeit einen Freund. Da war es klar, dass die vielen Typen auf der Insel uns anbaggerten. Wir konnten hingehen, wo wir wollten, überall wurden wir angeflirtet und manche

Kerle gaben uns eindeutige Signale, dass sie mit uns vor allem das Eine machen wollten: Sie wollten mit uns ab in die Kiste und dann wollten sie es krachen lassen.

Lisa ist damals gleich mit dem erstbesten Typen zwischen die Laken gekrabbelt und hat es wild mit ihm getrieben. Wunderte mich bei ihr allerdings gar nicht, denn Lisa ist einfach so: Wo ein Typ rumläuft, ist sie zur Stelle und lässt sich von ihm rannehmen. Ja, so muss man es wirklich nennen. Lisa ist ein versautes Luder – ich will gar nicht wissen, mit wie vielen Männern sie bereits geschlafen hat.

Bei Jana ist das anders. Jana geht fast nie mit einem Mann ins Bett. Sie will das immer erst tun, wenn sie meint, ihr sei die große Liebe begegnet. Auf Mallorca war die große Liebe anscheinend nicht dabei gewesen, weswegen sie während des Urlaubs keinen Sex hatte.

Und Luisa? Ja, Luisa hatte Sex. Aber erst nachdem sie fünf anderen Männern einen Korb gegeben hatte. Sie ist sehr wählerisch und nimmt längst nicht jeden Kerl mit zu sich aufs Hotelzimmer beziehungsweise geht zu ihm in dessen Zimmer.

Tja, und wie war das bei mir damals? Ich muss gestehen, ich habe während des Urlaubs mit zwei Männern geschlafen. Gleichzeitig. Carlos und Louis hießen sie, ich war ihnen in einer Bar begegnet. Ich war wie all meine Freundinnen 21 Jahre alt zu jener Zeit, Carlos war 24, Louis 25. Carlos und Louis waren zwei feurige Liebhaber und sie wussten, wie ein richtig guter Dreier auszusehen hat. Sie nahmen mich gleichzeitig von vorn und von hinten. Carlos war vorn in mir drin und Louis verwöhnte mich anal. Das war ein heißer Moment.

Später habe ich jedem der beiden einen Blowjob verpasst. Einen, der sowohl Carlos als auch Louis in den siebten Himmel der Lust aufsteigen ließ. Ihre Orgasmen waren so heftig, ich werde nie vergessen, wieviel Sperma mir die beiden in jener Nacht in den Mund spritzten.

Ich muss dazu sagen: Ich stehe auf so etwas! Ich liebe es total, wenn ein Mann mir seine Sahne in den Mund schießt. An einem Abend von zwei Männern nacheinander Sahne in die Mundhöhle gejagt zu bekommen, war für mich etwas absolut Geiles.

Ach ja, Carlos und Louis... das war wirklich ein heißer Urlaub!

Der Taxifahrer weiß, wie's geht

Dies ist Kapitel 3 der Geschichte
„Partnertausch auf Mallorca (2)".

„So, Carina, ich hab meinen Koffer jetzt auch fertig gepackt. Meinetwegen können wir los. Ist das Taxi eigentlich schon da?", sagte Michael.

Aha, mein Freund war also auch endlich soweit.

„Warte, Michael, ich guck mal eben aus dem Fenster... oh ja, da unten am Straßenrand steht es schon. Na, dann lass uns runtergehen und einsteigen. Mallorca – wir kommen!", rief ich.

„Du meinst wohl: Flughafen, wir kommen! Da müssen wir nämlich erst einmal hin. Und dann Koffer abgeben, durch die Sicherheitskontrolle gehen, warten, dass wir endlich in den Bus steigen dürfen, der uns übers Rollfeld fährt und zum Flugzeug bringt."

„Ach komm, Michael, so was gehört dazu, wenn man in den Urlaub fliegt!"

„Weiß ich doch!", lachte Michael.

Wir griffen jeder nach unserem Koffer, ich nahm zusätzlich meine Handtasche mit, Michael hatte noch einen Stoffbeutel mit dabei, in welchem sich ein paar

Süßigkeiten für unterwegs befanden. Wir verließen unsere Wohnung. Michael schloss ab, wir schleppten unser Gepäck die Treppe hinunter, gingen durch die Haustür hinaus ins Freie – ach, wie herrlich bereits hier, in Deutschland, die Sonne schien! 26 Grad waren es heute hier bei uns in Deutschland – für Palma de Mallorca sagte meine Handy-Wetter-App 34 Grad voraus!

Ich liebe es, wenn die Sonne scheint und es so richtig heiß ist!

Der Taxifahrer begrüßte uns, wir grüßten zurück, dann nahm er uns die Koffer ab und verstaute sie im Kofferraum. Michael und ich stiegen ins Fahrzeug, setzten uns beide nach hinten.

„Na, geht's in den Sommerurlaub?", fragte der Taxifahrer, als er losfuhr. Er war um die 50 Jahre alt. Ein sehr freundlicher, braungebrannter Mann – er hatte seinen Urlaub in der Sonne anscheinend schon hinter sich.

„Ja, wir fliegen nach Mallorca!", sagte Michael.

„Es ist unser erster gemeinsamer Urlaub!", ergänzte ich.

„Das geht ihn doch nun wirklich nichts an", flüsterte Michael mir daraufhin zu.

„Ist doch egal. Ich freu mich einfach so sehr, mit dir verreisen zu können, dass ich es am liebsten der ganzen Welt erzählen möchte!"

„Ich freu mich auch, Carina!", sagte Michael und drückte mir einen dicken Kuss auf den Mund.

„Ich war dieses Jahr auch schon auf Mallorca", sagte der Taxifahrer. „Zusammen mit meiner Frau. Wir haben Urlaub in Palma gemacht. Wir sind erst seit einer Woche wieder hier in Deutschland."

„Ah, Palma, da wollen wir auch hin. Und, wie war es?", fragte Michael den Taxifahrer.

„Es war... mega gut!", antwortete unser Chauffeur und grinste dabei seltsam.

„O...kay...", sagte ich, „ist irgendetwas besonderes passiert oder warum grinsen Sie so?"

„Sorry, das sollte ich vielleicht lieber nicht erzählen. Es war einfach ein mega guter Urlaub. Tolles Wetter, gutes Essen und so weiter..."

„Und so weiter?" Ich war neugierig. Irgendetwas an seiner Antwort, vor allem sein Grinsen, irritierte mich. „Was meinen Sie mit 'Und so weiter'?"

„Leute, das wollt ihr nicht wissen. Und falls doch, geht es euch eigentlich nichts an."

„Nun haben Sie uns aber echt neugierig gemacht", hakte jetzt auch Michael nach.

„Los, sagen Sie schon, was haben Sie Besonderes erlebt?"

„Wir haben... ähm... also... ach kommt Leute, ist doch egal!"

„Ist es nicht! Los, raus mit der Sprache!", forderte ich

unseren Chauffeur auf, endlich sein Geheimnis zu lüften.

„Ja los, raus damit!", rief Michael.

„Partnertausch", war das einzige Wort, das der Taxifahrer daraufhin sagte.

„Partnertausch?", sah ich ihn irritiert an.

„Ja, meine Frau und ich haben die Partner getauscht. Ich hatte auf Mallorca Sex mit einer anderen Frau und meine Frau hatte Sex mit dem Mann dieser anderen Frau."

„Oh ha!" Mit solch einer Antwort hatte ich nicht gerechnet. „Und Sie hatten beide beziehungsweise alle Vier kein Problem damit?"

„Nein", lachte der Taxifahrer und schien froh zu sein, dass es nun gelüftet war, sein Geheimnis. Es schien ihm anfangs unangenehm gewesen zu sein, es uns zu verraten, aber sein Grinsen hatte uns so neugierig gemacht, dass wir ihm keine andere Wahl ließen. Sei's drum, nun hatte er es ausgesprochen und er wirkte jetzt sichtlich erleichtert.

Uns Zwei hatte er damit allerdings erst richtig neugierig gemacht.

„Hatten Sie das geplant oder hat es sich zufällig ergeben?", fragte ich.

„Hat sich so ergeben. Eigentlich wollten wir ganz normal Urlaub machen. Aber dann lernten wir am Pool ein anderes Paar kennen. Die waren wie wir beide so um die 50. Sie waren allerdings, das merkten wir schnell während des Gesprächs, sexuell sehr offen. Die Zwei lenkten das Gerede immer wieder in eine ganz bestimmte Richtung. Sie sprachen mit uns über Sex im Allgemeinen und dann befragten sie uns zu unseren sexuellen Vorlieben im Speziellen. Und schließlich kamen sie damit rüber, dass sie es gern mal mit anderen Partnern treiben würden und ob wir dazu Lust hätten. Ich weiß selbst nicht, warum wir schließlich „Ja" gesagt haben – nie im Leben hätten meine Frau und ich gedacht, dass wir so etwas jemals machen würden. Aber irgendwie klang alles so... na wie soll ich sagen... naja so geil eben... da haben wir uns darauf eingelassen."

„Und, war es dann auch so geil, wie es klang?", wollte Michael wissen.

„Oh ja, das war es. Ich nahm die fremde Frau mit aufs Hotelzimmer und wir kamen schnell zur Sache. Wir zogen uns aus und sie begann sofort damit, mein Glied auf Hochtouren zu bringen. Sie streichelte es mit den Händen und kaum dass mein bestes Stück groß und hart war, fiel sie drüber her und begann, es mit ihrem Mund zu verwöhnen. Ich sag euch: Die Frau konnte blasen, das macht ihr so schnell keine andere Dame nach!"

„Nicht mal Ihre eigene Frau?"

„Nein, aber dafür hat meine Ehefrau andere Qualitäten. Sie ist eine meisterhafte Reiterin, das sage ich euch! Keine reitet so gut auf mir wie sie!"

„Und wie ging es weiter?"

„Die fremde Frau, sie hieß übrigens Sylvia, verwöhnte mich mit ihrem Mund untenrum so intensiv, dass ich bereits zum Höhepunkt kam, noch ehe ich mich hätte bei ihr revanchieren können."

„Sie meinen, Sie hat Ihnen einen Orgasmus beschert und dann war's vorbei?"

„Nein, das war es natürlich nicht. Ich hatte halt nur gedacht, dass ich vor meinem Orgasmus in ihre Lusthöhle eindringen und sie kräftig stoßen würde. Stattdessen drang ich erst danach in sie ein. Mein Schwanz wurde zum Glück ganz schnell wieder steif, weshalb es kein Problem war, sie nach dem Blowjob, den sie mir beschert hatte, zu ficken. Und ich sag euch: Diese Sylvia ging dabei ab wie eine Rakete. Sie lag auf dem Bett mit weit gespreizten Beinen und ich rammte mein Rohr in ihr vor und zurück, dass sie vor lauter Erregung so laut stöhnte, dass man es garantiert in den benachbarten Hotelzimmern hörte. Wir beide kamen schließlich heftig und erlebten jeder einen Orgasmus, der so intensiv war, dass wir ihn nie in unserem Leben vergessen werden."

„Und Ihre Ehefrau? Wissen Sie, was sie mit dem fremden Mann erlebt hat?", wollte ich wissen.

„Ja, sie hat es mir erzählt. Er hat sie anal verwöhnt. Sie ging vor ihm auf die Knie und er drang mit seinem Schwanz von hinten in sie ein und fickte ihr die Rosette, dass meine Liebste vor Erregung beinahe Freudensprünge gemacht hätte!"

Michael und ich spürten beide, wie die Worte des Taxifahrers und die Vorstellung daran, wie er und die drei anderen es auf Mallorca wild getrieben hatten, uns erregten. Ich wurde feucht im Schritt und hoffte, dass man das nicht durch meine weiße Jeans sehen würde. Bei Michael sah ich, wie sich seine dunkle Jeans nach vorn ausbeulte – sein Schwanz war eindeutig gewachsen, während er sich die Worte des Taxifahrers anhörte.

„So, wir haben den Flughafen erreicht! Ich wünsch euch einen schönen Urlaub – und treibt es nicht zu dolle!", lachte der Taxifahrer, nachdem wir ausgestiegen waren und er uns unsere Koffer gereicht hatte.

Das Gedankenkarussell rattert

Dies ist Kapitel 4 der Geschichte
„Partnertausch auf Mallorca (2)".

Michael und ich schlenderten mit unserem Gepäck in die Flughafen-Halle und mussten beide lachen.

„Das war ja ein schräger Typ! Erzählt der uns doch tatsächlich, dass er und seine Frau im Mallorca-Urlaub Partnertausch gemacht haben!", lachte Michael.

„Ja, aber erst war's ihm unangenehm. Durch sein Grinsen hat er es provoziert, dass wir nachbohren. Hätte er nicht gegrinst, wir hätten's wohl nie erfahren. Ich glaube, er wollte es uns gar nicht erzählen. Das Grinsen ist ihm quasi so rausgerutscht – und dann nahm das Ganze für ihn seinen Lauf."

„Hast du schon mal über Partnertausch nachgedacht?", fragte mich Michael mit einem Mal.

„Ob ich was habe?!?", sah ich ihn total erstaunt an.

„Na, wir könnten so was doch auch mal machen!"

„Partnertausch? In unserem ersten gemeinsamen Urlaub?! Was gehen dir denn gerade für Fantasien durch den Kopf?!", starrte ich Michael an.

Ich war im ersten Moment echt entsetzt. Dann merkte

ich aber, dass mich Michaels Frage erregte. Mein Höschen, das wegen der Erzählungen des Taxifahrers noch immer ein feucht war, musste zunehmend mehr Nässe aufnehmen. Jawohl, meine Muschi tropfte, so sehr erregte mich Michaels Frage, anfängliches Entsetzen hin oder her.

„Ich hab nicht gesagt, dass wir gleich in unserem ersten gemeinsamen Urlaub die Partner tauschen sollten. Ich hab dich das nur ganz allgemein gefragt. Wir könnten es irgendwann mal machen... in drei oder vier Jahren vielleicht – oder wenn wir wie der Taxifahrer um die 50 sind."

Michael hatte den Satz kaum zu Ende gesprochen, da sah er es: „Hey, Carina, guck dir mal auf den Schritt: Du bist ja ganz feucht! So feucht, dass es sich bereits außen an deiner weißen Jeans abzeichnet!"

„Sch... das hab ich befürchtet, das man es von außen sieht. Menno, Michael, der Typ im Taxi hat so viel von seinen Sex-Erlebnissen auf Mallorca erzählt, das hat mich halt erregt. Du bist übrigens auch scharf geworden, als er erzählt hat, ich hab die Beule in deiner Hose genau gesehen. Naja, und deine Frage jetzt, mich macht das gerade alles irgendwie total geil."

„Ist doch nicht schlimm! Ich mag's, wenn du erregt bist. Und ich sehe es mir gern an. So wie jetzt, wo deine weiße Hose von außen immer feuchter wird!"

„Aber das darf mir doch nicht hier am Flughafen

passieren! Was sollen denn die anderen Leute denken? Das ist mir voll peinlich!"

„Was erregt dich mehr: die Erzählung des Taxifahrers, wie er und seine Frau auf Mallorca die Partner getauscht haben – oder der Gedanke daran, dass auch wir mal die Partner tauschen und mit fremden Menschen Sex haben könnten, obwohl wir beide eine feste Beziehung führen?"

„Michael... ich... ich weiß es nicht...."

„Aber du gibst du, dass dich beides erregt!"

„Klar geb ich das zu, ich hab's dir doch gerade eben gesagt!" Ich wurde rot im Gesicht. Irgendwie war es mir meinem Freund gegenüber peinlich, dass mich der Gedanke an einen Partnertausch erregte. Andererseits: Es war Michael, der diesen Gedanken ins Spiel gebracht hatte, nicht ich."

„Du musst nicht rot im Gesicht werden, Carina! Ich stell's mir doch auch vor – und schau meine Hose an: Die beult vorn schon wieder aus. Was meinst du, wollen wir auf Mallorca nicht nur gemeinsam Sex haben, sondern tatsächlich auch mal mit fremden Leuten? Wir könnten nach einem Paar Ausschau halten, dass Lust auf so etwas hat. Dann tauschen wir die Partner – du vergnügst dich mit einem fremden Mann und ich habe Sex mit einer fremden Frau. Am nächsten Tag oder wann auch immer haben dann wieder nur wir Zwei Sex miteinander!"

„Du meinst, einfach nur mal so zwischendurch ein Partnertausch? Und danach wieder nur wir beide?"

„Ja, so meine ich das. Es wäre eine neue Erfahrung. Eine Abwechslung. Ein Spaß zwischendurch. Etwas, worüber wir uns anschließend unterhalten könnten. Also, Carina, wie lautet deine Meinung? Wollen wir es probieren? Wir fliegen immerhin nach Mallorca, da dürften die Chancen groß sein, ein Pärchen zu finden, dass Lust auf so etwas hat!"

„Hmmm...." Ich spürte, wie ich zusehends nasser im Schritt wurde, wie inzwischen sogar meine Oberschenkel feucht wurden, weil mein Saft an ihnen herunterlief. Sah man etwa auch das bereits von außen? Ich schaute an mir herab: Nein, man sah es zum Glück nicht. Meine weiße Jeans war äußerlich weiterhin nur im Schritt nass, nicht an den Beinen. Gut so, alles andere wäre mir nämlich noch peinlicher gewesen.

„Hmmm? Was heißt 'Hmmm'?"

„Dass ich... also... ach menno, Michael, merkst du denn nicht, wie geil mich das Ganze gerade macht?"

„Und ob ich das merke! Dann sind wir beide uns also einig: Wir fliegen nach Mallorca, genießen Sonne, Strand, Pool und Meer, haben ganz viel Sex miteinander und zwischendurch gönnen wir uns einen flotten Partnertausch mit einem anderen Pärchen. Okay?"

„Ja, okay!", schoss es unvermittelt aus mir heraus.

„Bingo! Das wird ein Spaß!", lachte Michael.

„Bingo!", rief ich und wusste selbst nicht so recht, was mit mir gerade geschah. Aber die Vorstellung auf einen Partnertausch war einfach nur eines: geil! Und Michael wollte es auch! Also warum sollten wir es bleiben lassen? Wir wollten es beide! Keiner würde heimlich fremdgehen, sondern wir wussten beide, dass wir es mit einem anderen Partner beziehungsweise einer anderen Partnerin treiben würden – und dass diese beiden anderen Personen ihrerseits ein Paar sein würden, so wie Michael und ich selber eines sind!

Ausschau halten im Bus

Dies ist Kapitel 5 der Geschichte
„Partnertausch auf Mallorca (2)".

Wir kämpften uns durch die Gepäckabfertigung und die Einlasskontrolle. Dann quetschten wir uns in einen Bus, der so voll war, dass darin alle Passagiere eng an eng standen, so wie in einer Sardinenbüchse. Einige dufteten nach Parfüm, andere rochen angenehm nach Sonnencreme und versprühten auf diese Weise herrlichen Urlaubsduft – tja und einige rochen nach Schweiß, das war natürlich eklig, aber solche Leute hat man immer dazwischen, wenn man irgendwo in dichtem Menschengedränge steht.

Der Bus fuhr uns alle über die Rollbahn in Richtung Flugzeug und ich ertappte mich dabei, wie ich mich in dem engen Gedränge umschaute, ob unter den Leuten wohl ein Pärchen war, dass ich in irgendeiner Form hübsch oder attraktiv fand und bei dem ich mir vorstellen konnte, dass Michael und ich mit diesem Paar die Partner tauschen würden.

Ich entdeckte ein solches Paar ganz hinten im Bus. Die Zwei waren zwar eine ganze Ecke älter als Michael und ich – ich schätzte beide auf Mitte 30 – aber sie hatten etwas, was mich faszinierte: Sie wirkten nicht so spießig wie die meisten anderen Passagiere, sie trugen gepflegte sommerliche Kleidung, die ganz gewiss nicht günstig war. Ja, die beiden verdienten wahrscheinlich eine Menge Geld. Wobei mir das eigentlich egal war. Aber die Ausstrahlung dieser Zwei, die hatte etwas, was mir total gefiel.

Ich stellte mir vor, was die beiden wohl beruflich machten. Wahrscheinlich irgendetwas Kreatives, dachte ich, Architekten vielleicht oder Designer. Der Mann hatte kurze, braune Haare, ähnlich wie Michael. Aber er hatte zusätzlich einen Schnurrbart und der stand ihm außerordentlich gut.

Michael würde so ein Schnurrbart überhaupt nicht stehen – er hatte sich mal einen wachsen lassen und ich hatte ihn sofort gebeten, ihn sich wieder abzurasieren, weil es einfach nicht zu ihm passte.

Aber zu diesem Mann da hinten im Bus passte der Schnurrbart. Der Kerl trug außerdem ein Goldkettchen, man sah es gut, weil er die Knöpfe seines weißen Polo-Shirts geöffnet hatte.

Seine Frau hatte lange, dunkelrote Haare und trug ein bunt geblümtes Sommerkleid. Sie sah sehr sexy aus und wirkte äußerlich deutlich reifer als ich. Das lag an ihrem markanten Gesicht und ihren langen, herabwallenden Haaren.

Ich selbst habe blonde Haare und trage sie zu einem Zopf gebunden. Das sieht zwar auch total sexy aus, aber ich bin eben insgesamt deutlich jünger, habe eine kleinere Nase als die fremde Frau dort hinten im Bus. Kurzum: Ich sehe sexy aus, die Frau sah ebenfalls sexy aus – aber sie wirkte halt reifer dabei. Was ja eigentlich auch ganz normal war, ich war schließlich 23 und die andere Frau war circa Mitte 30.

Ich bemerkte, dass auch Michael seinen Blick im Bus umherschweifen ließ. Auch er blieb bei dem Pärchen hängen, dann sah er mich an, grinste – ich grinste zurück, Michael und ich nickten uns zu und damit war klar, dass wir beide exakt das gleiche dachten: Das Pärchen dort hinten könnte es sein!

Aber nun gut, so einfach würde das alles wahrscheinlich nicht werden. Erstens wussten wir ja überhaupt nicht, ob die Zwei in dem gleichen Hotel wie wir Urlaub machen würden oder ganz woanders auf Mallorca. Würden sie woanders Urlaub machen, würden wir ihnen wahrscheinlich während des gesamten Urlaubs überhaupt nicht begegnen. Na ja, und dann wäre da noch die nächste Frage: Hätten die beiden überhaupt Lust auf einen Partnertausch? Oder würden sie uns davonjagen, wenn wir ihnen sagten, dass wir gern mal Partnertausch machen würden und dass ausgerechnet sie beide unsere Wunschkandidaten dafür wären?

Da es heiß und stickig in dem engen Bus war, waren Michael und ich froh, als wir endlich am Flugzeug angekommen waren und aussteigen durften. Da standen wir nun direkt neben dem Urlaubsflieger, der uns gleich nach Mallorca bringen würde.

Wie der Zufall es wollte, stand direkt neben Michael und mir das Pärchen, das uns im Bus ins Auge gefallen war.

Wir nickten einander zu und ich bemerkte, dass der Mann einen verführerischen Herrenduft aufgelegt hatte. Was das wohl für eine Sorte von Männerparfüm war, sprich: von welchem Hersteller es wohl war? So etwas könnte Michael auch gern mal tragen, dachte ich, wusste aber, dass es keinen Sinn machte, ihm das vorzuschlagen. Michael war zwar stets sehr gepflegt, er duschte täglich und nahm immer ein gut riechendes Deo, das war aber auch schon alles, was er an Kosmetika verwendete. Einen zusätzlichen Duft auftragen, das war nicht seine Sache. Schade eigentlich.

Auch die Frau roch bezaubernd. Ich merkte sofort, dass das Parfüm, welches sie benutzte, kein Billigprodukt war. Das, was sie verwendete und wonach sie gerade so wunderbar duftete, musste etwas richtig Teures sein, anderenfalls würde es nicht so edel riechen.

Wieder dachte ich daran, dass die Zwei wahrscheinlich sehr viel Geld verdienten. Und wieder stellte ich mir vor, dass sie vielleicht Architekten oder Designer sein könnten. Aber wer weiß, dachte ich, vielleicht arbeitet ja auch nur der Mann und verdient dabei so viel Kohle, dass seine Gattin den ganzen Tag Wellness machen oder shoppen gehen kann. Vielleicht war es aber auch ganz anders und sie waren beide Ärzte.

Eigentlich konnte es mir ganz egal sein. Beim Partnertausch kommt es nicht auf den Beruf an, oder etwa doch? Nein, gewiss nicht. Wobei ich zugeben muss: Geld und Ansehen, so etwas spielt beim Partnertausch vielleicht doch eine gewisse Rolle! Michael arbeitete schon immer als Lagerist in einer Fabrik und ich als Kassiererin in einem Baumarkt. Wir brachten beide nicht viel Geld nach Hause. Trotzdem liebe ich meinen Freund total und er mich auch. Wenn ich mir nun aber vorstellte, Sex mit einem steinreichen Arzt oder Architekten zu haben, dann... ja dann musste ich mir eingestehen, dass mich dieser Gedanke antörnte. Jawohl, antörnte. Ich spürte, wie mir schon wieder die Nässe aus meiner Spalte gequollen kam.

Erotische Fantasien im Flieger

Dies ist Kapitel 6 der Geschichte
„Partnertausch auf Mallorca (2)".

Michael und ich bestiegen das Flugzeug. Wir bahnten uns den Weg vorbei an den Stewardessen. Als wir unsere Sitzplätze in der Mitte des Ferienfliegers gefunden hatten, verstauten wir unser Handgepäck in den Fächern über uns, dann setzten wir uns hin. Ich nahm den Fensterplatz, Michael setzte sich auf den Platz daneben.

Auch das gut aussehende Pärchen bestieg den Flieger. Ich sah, wie die Zwei durch den Gang auf uns zu kamen. Neben Michael war noch ein Platz zum Gang hin frei, doch keiner der beiden nahm dort Platz. Stattdessen gingen sie weiter nach hinten durch, wo sich die für sie reservierten Plätze offensichtlich befanden.

Auf den Platz neben Michael setzte sich schließlich eine Frau in unserem Alter. Das heißt, sie war wohl eher in Michaels Alter, also um die 25, und nicht 23 wie ich. Sie hatte wie ich blonde Haare, trug sie allerdings nicht zum Zopf gebunden, sondern offen. Es waren lange Haare. Die Frau sah sehr schön aus.

Nachdem alle Passagiere Platz genommen hatten und das Flugzeug abgehoben war, fiel mir auf, dass Michael ständig zu der Frau neben ihm schaute. Ich gebe zu, dass mich das etwas eifersüchtig machte. Zwar dachten wir ernsthaft über Partnertausch im Urlaub nach, aber die Frau neben ihm war allein unterwegs und ich malte mir aus, was wohl passieren würde, wenn Michael sich in sie verlieben würde. Musste ich damit rechnen, dass er mich wegen ihr verlassen würde?

Quatsch!, sagte ich mir, Michael ist nur mir treu! Partnertausch ja, okay, darauf hatten wir nun beide Lust bekommen, aber so ein Partnertausch nur um mal mit anderen Leuten Sex zu haben, das bedeutete ja nicht, dass wir einander verlassen würden. Und auch wegen dieser Frau, die da neben ihm saß, würde er mich nicht verlassen.

Trotzdem ging sie mir nicht aus dem Kopf. Ich stellte mir vor, wie Michael mit ihr Sex hat. Ich sah vor meinem inneren Auge, wie Michael ihr Bluse und BH vom Leib reißt und beginnt, der blonden Frau die Brüste zu kneten. Die waren durchaus üppig beschaffen, ja sie waren sogar etwas größer als meine – und dabei hatte ich schon recht große Brüste. Wobei das alles nichts gegen die Brüste der reifen Frau war, die mit ihrem Schnurrbart-Mann weiter hinten im Flugzeug saß, aber das ist ein anderes Thema.

Ich sah in Gedanken, wie Michael die Brüste der etwa

25-Jährigen mit beiden Händen fest packte und stark knetete. Die Frau stöhnte dabei heftig und Michael, der inzwischen seine Hose geöffnet und heruntergezogen hatte, saß mit großem, prallem Glied da. Dann zog er auch der Frau die Hosen aus, fasste ihr an die Pussy und kurz darauf steckte sein Schwanz auch schon in ihr drin und er fing an, sie zu ficken. Die Blondine saß dabei mit weit gespreizten Beinen in ihrem Flugzeugsitz, sie hatte ihre Beine weit nach oben ausgestreckt und sie auf der Rückenlehne das davor befindlichen Sitzes abgelegt. Zwischen ihren Beinen befand sich Michael und er stieß die Frau mit lüsternem Blick und vor lauter Ekstase weit heraushängender Zunge.

Wieder spürte ich diesen Hauch von Eifersucht, gleichzeitig aber bemerkte ich, wie mich meine Fantasien erregten und ich im Schritt so feucht wurde, dass es mir nun die Hose herauslief bis in meinen Sitz hinein.

Als Nächstes stellte ich mir vor, wie ich Michael beiseite stieß und mich selbst dorthin begab, wo er bis eben noch gewesen war. Sein Schwanz steckte nun nicht mehr in der jungen Dame drin, stattdessen stand er im Gang und wartete ab, was ich vorhatte.

Na, und was hatte ich wohl vor? Richtig: Ich zog mir meine Hosen runter, dann ging ich vor der Frau in die Hocke und begann, ihr mit meiner Zunge die Muschi zu lecken. Während ich das tat und während ich ihren Saft an meiner Zunge spürte, fasste ich mir mit den Fingern meiner rechten Hand an meine Perle und begann, diese mit den Fingerspitzen zu streicheln, zu massieren und zu kneten. Das fühlte sich so geil an, dass mir gleich noch mehr Saft aus der Spalte quoll – diesmal allerdings tropfte er direkt nach unten auf den Fußboden des Flugzeugs. Ich ließ meinen Saft einfach laufen und leckte die ganze Zeit weiter die Muschi der Frau. Die hübsche Dame sah so schön aus, dass es mich total anmachte, ausgerechnet ihr mit der Zunge an der Spalte entlangfahren und zwischendurch mit meiner Zungenspitze in ihr Innerstes eindringen zu können.

Auf einmal holte mich ein Signal in die Realität zurück. Es war der Piepton, der immer dann ertönte, wenn es im Flugzeug etwas zu beachten galt. In diesem Fall war es die Display-Anzeige über unseren Köpfen, auf welche die Passagiere achten sollten: Das Anschnallsymbol leuchtete. In dem Moment, in dem ich es sah, ertönte auch schon eine Durchsage des Piloten aus den Lautsprechern: „Verehrte Passagiere, wir durchfliegen in Kürze ein Unwetter. Es ist mit Turbulenzen zu rechnen, weshalb ich Sie bitten muss, sich vorübergehend wieder anzuschnallen."

Ich band mir den Anschnallgurt um und mir wurde bewusst, dass das mit dem Muschi-Lecken ebenso Fantasie war wie der Sex zwischen Michael und der Blondine. Aber beide Fantasien, mein Leckspiel ebenso wie sein Sex, hatten mich megamäßig angetörnt, weshalb meine Hose nun vollends nass und der Sitz, auf dem ich saß, komplett eingesifft war mit meinem Saft.

Aber störte mich das in diesem Moment? Nein, nicht im Geringsten. Im Gegenteil, ich fand es heiß, weshalb ich nach Michaels Hand griff und diese unter meinen Po schob: direkt zwischen meine nasse Hose und den ebenso nassen Flugzeug-Sitz.

„Los, reib deine Hand an meiner Nässe! Und dann schieb dir die andere Hand in deine Hose und hol' dir einen runter!", flüsterte ich Michael zu.

„Aber nur, wenn du dir auch eine Hand ins Höschen schiebst und dich ebenfalls zum Höhepunkt bringst!", flüsterte Michael zurück.

„Klar mach' ich das!", flüsterte ich ihm zu und sogleich begannen wir beide, uns auf unseren Flugzeugsitzen bei voller Bekleidung und trotz störenden Anschnallgurts selbst zu befriedigen.

Wir taten es still und heimlich. Michael legte eine Zeitung auf seinen Schritt, damit die Frau neben ihm nichts merkte. Auch ich hatte inzwischen eine Zeitschrift auf meinem Schoß liegen, siicher ist sicher, es sollte ja niemand sehen, dass wir beide am Onanieren waren.

Wir verwöhnten uns rund zehn Minuten, dann kamen wir fast gleichzeitig zum Höhepunkt. Was mich besonders freute, war die Tatsache, dass nun nicht mehr nur ich eine klitschnasse Hose hatte, sondern auch Michael. Er hatte eine heftigen Orgasmus erlebt und ihm war dabei so viel Sperma aus seiner Eichel gespritzt, dass sowohl seine Boxer-Shorts als auch seine Jeans nun vorn komplett nass und klebrig waren.

Entspannt und glücklich schlossen wir die Augen und schliefen den Rest des Fluges.

Und dann waren wir endlich da: auf Mallorca, unserem Urlaubsziel. Auf der Insel, auf welcher wir uns erholen wollten. Wo wir am Strand liegen würden. Und am Pool. Uns von der Sonne bräunen lassen würden. Und wo wir, so der Beschluss des heutigen Tages, die Partner tauschen wollten, mit irgendeinem anderem Paar. Vielleicht ja mit jenem Paar, das uns bereits im Bus auf dem Rollfeld aufgefallen war. Dem reichen Pärchen, beide Mitte 30, gut aussehend und möglicherweise sehr reich.

Ich war gespannt, ob wir die beiden überredet kriegen würden oder ob wir uns nach einem anderen Pärchen umschauen müssten. Irgendein Paar würden wir schon finden, da war ich mir sicher. Wir waren ja schließlich nach Mallorca geflogen und nicht an irgendeinen prüden Ort. Ich sah Michaels Blick an, dass er genauso gespannt war wie ich...

Verabredung an der Cocktailbar

Dies ist Kapitel 7 der Geschichte
„Partnertausch auf Mallorca (2)".

Nachdem wir unser Hotel erreicht und zu unserer großen Freude festgestellt hatten, dass auch das Pärchen Mitte 30 in diesem Hotel Urlaub machte, bezogen wir unser Zimmer, packten die Koffer aus und erkundeten bei einem anschließendem Spaziergang die Straßen um unser Hotel herum sowie den Strand. Schnell erkannten Michael und ich, dass wir es hier wirklich wunderschön hatten. Die Hotelanlage war sehr gepflegt, in der Umgebung gab es nette Cafés, Restaurants und Boutiquen und am Strand waren Liegen mit Stroh-Sonnenschirmen aufgestellt.

Toll auch das Büfett, das uns abends im Restaurant erwartete. Verschiedene Sorten Obst, Salate, Meeresfrüchte, Fisch, aber auch Fleisch, Nudelsalat, Reis und diverse süße Nachspeisen hatten die Köche und Kellner bereitgestellt und wir ließen es uns so richtig gut schmecken.

„Was meinst du, wollen wir noch rüber zur Cocktailbar gehen?", fragte Michael mich, nachdem wir mit dem Essen fertig waren.

„Na klar!", rief ich, denn ich liebte Cocktails schon immer.

Wir schlenderten also hinüber zur Bar. Diese befand sich im Innern des Hotels, jedoch ließ sich die komplette Fensterfront auf irgendeine wundersame Art zur Seite schieben. Und weil es draußen noch schön warm war, hatten die Kellner genau das getan: Sie hatten die Wand beiseite geschoben, so dass die herrliche Abendluft hineinströmte.

Wir saßen also in einem offenen, aber gleichzeitig geschützten Bereich. Es war urgemütlich hier. Die Barhocker waren bequem und der Barkeeper zauberte für Michael und mich zwei Cocktails, die ihresgleichen suchten: wunderhübsch mit Obstscheiben verzierte Gläser und darin Cocktails, die so gut schmeckten, dass ich am liebsten zehn Stück hintereinander getrunken hätte.

Ich wusste jedoch, dass gerade bei Cocktails Vorsicht geboten ist: Sie schmecken so süß, dass man gar nicht merkt, wieviel Alkohol sich in ihnen befindet.

Dennoch gönnten Michael und ich uns recht bald an diesem Abend jeder noch einen zweiten Cocktail. Der Barkeeper reichte uns gerade die Gläser, als sich ein anderes Paar neben uns setzte. Es war, welch Zufall, das von uns ausgeguckte Paar Mitte 30!

Wir begrüßten einander, auch die beiden bestellten

sich jeder einen Cocktail.

Michael und ich warteten mit dem Lostrinken, bis der Barkeeper auch die Cocktails für das Pärchen fertiggemixt hatte. Als er soweit war und ihnen ihre Gläser gereicht hatte, stießen wir zu viert miteinander an und kamen beim Trinken schnell miteinander ins Gespräch.

Dabei erfuhr ich, dass ich mit meinen Gedanken komplett falsch gelegen hatte: Keiner der beiden war Architekt, Designer, Arzt oder etwas in der Art, sondern der Mann war Inhaber eines Bekleidungsgeschäfts und seine Frau führte ein kleines Erotik-Lädchen. Im Übrigen erfuhren wir natürlich auch, wie die Zwei hießen: Der Mann hieß Wolfgang, die Frau Margarethe.

Die Sache mit dem Erotik-Lädchen interessierte Michael und mich selbstverständlich ganz besonders.

„Was gibt es denn bei dir im Laden alles zu kaufen, Margarethe?", fragte Michael.

Daraufhin antwortete diese: „Alles, was Spaß macht und die Lust anregt!"

„Das musst du uns jetzt aber etwas genauer erklären!", forderte ich Margarethe auf.

Woraufhin Margarethe antwortete: „Zunächst einmal handele ich natürlich mit sexy Dessous. Und damit schon mal mit ganz anderen Kleidungsstücken als mein Mann Wolfgang, in dessen Geschäfts gibt's nämlich nur Business-Anzüge für Männer zu kaufen. Dann halte ich

Sexspielzeug aller Art vorrätig, das fängt bei Vibratoren und Dildos an, geht über Handschellen und Peitschen bis hin zu Nippel-Klammern und Anal-Plugs. Kurzum: Bei mir gibt's alles, was Mann und Frau gefällt und was ihnen dabei hilft, allein oder gemeinsam besonders lustvolle Höhepunkte zu erleben."

„Na, das klingt ja gut", lachte mein Freund Michael und beschloss, den Bogen hin zu unserem Wunsch nach Partnertausch zu spannen: „Heißt das, dass ihr beide sexuell offen und nicht verklemmt oder gar prüde seid?"

„Na klar sind wir offen! Wir sind neugierig auf alles. Von Prüderie halten mein Mann Wolfgang und ich gar nichts. Stimmt doch, Wolfgang, oder?"

„Klar stimmt das. Wir probieren gern Neues aus. Margarethe bringt oft Spielsachen aus ihrem Laden mit und wir vergnügen uns dann gemeinsam damit."

„Aha", sagte Michael und hakte nach: „Seid ihr denn auch anderweitig sexuell offen?"

„Wie meinst du das?", fragten Wolfgang und Margarethe gleichzeitig.

„Ich meine, habt ihr vielleicht schon mal einen Swingerclub besucht oder sonst irgendwo die Partner getauscht oder so was in der Art?"

„Die Partner getauscht?", fragte Margarethe. „Du meinst wohl im Urlaub oder so. Am besten hier auf Mallorca?"

„Ja, so ungefähr meine ich das."

„Also ich geb zu, wir sind eigentlich wirklich in allem sehr offen, aber die Partner getauscht haben wir tatsächlich bisher noch nicht", antwortete Margarethe und grinste ihren Mann Wolfgang an.

Da begann auch Wolfgang zu grinsen und er sagte: „Aber wir haben uns schon oft drüber unterhalten, dass wir das eigentlich sehr gern mal machen würden. Es hat sich bloß bislang nie ergeben. Wir haben hier und da mal Paare angesprochen, uns aber von allen nur eine Abfuhr eingehandelt. Selbst hier auf Mallorca (Wir waren vor einem Jahr schon einmal hier!) hat's nicht geklappt. Gerade hier auf dieser Party-Insel hätten wir eigentlich erwartet, dass wir ein Pärchen finden. Man hört ja immer wieder, dass es auf Mallorca hoch her geht."

„Naja, vielleicht habt ihr dieses Mal ja mehr Glück", rief ich dazwischen.

Und dann sprach Michael es aus: „Wir Zwei möchten nämlich in diesem Urlaub gern mal die Partner tauschen. Also, falls ihr Lust habt, mit uns... also, ihr wisst schon... du, Margarethe, mit mir... und meine Freundin Carina mit dir, Wolfgang... Carina und ich wären sofort dabei!"

„Na, dann war es wohl gut, dass meine Frau Margarethe und ich uns ausgerechnet jetzt hier zu euch an die Cocktailbar gesetzt haben!", klatschte sich

Wolfgang zufrieden mit der Hand aufs Hosenbein, bevor er mit der anderen Hand seiner Frau Margarethe einen Klaps auf deren Po gab. „Was ist, Margarethe, wollen wir es mit den beiden versuchen?"

„Und ob wir das wollen!", rief Margarethe. „Wenn ich dich so anschaue, Michael, dann wird's bei mir zwischen den Schenkeln gleich ganz heiß! So ein junger Kerl wie du und noch dazu so gutaussehend – zu dir steige ich noch heute Abend ins Bett!"

„Und du kommst mit zu mir aufs Zimmer!", sah Wolfgang mich an. „So ein junges Ding wie du, wie könnte ein Mann wie ich da widerstehen!?"

„Spitze!", rief Michael der deutlich älteren Margarethe zu. „Na, da bin ich ja mal gespannt, wie es sich mit einer reifen Frau wie dir so anfühlt!"

„Und ich kann's kaum erwarten, von einem Mann vernascht zu werden, der gut zehn Jahre älter ist als ich!", rief ich Wolfgang zu.

Na, das passte doch perfekt! Das Paar, von dem wir hofften, dass es Lust auf einen Partnertausch haben würde, es hatte tatsächlich Lust dazu!

Für uns Vier stand fest: Wir würden jeder nur noch schnell unseren Cocktail austrinken, danach würden Michael und Margarethe auf unser Zimmer sowie Wolfgang und ich auf das Zimmer von ihm und seiner Frau verschwinden. Und dann... ja mal gucken, was dann passieren würde! Wir würden es wahrscheinlich so richtig krachen lassen! Zumindest fühlte es sich bereits jetzt so an, als ob es gleich hoch hergehen würde. Wir Vier waren nämlich alle scharf, wir waren total heiß auf das, was gleich kommen würde.

Wir hatten Urlaub und wir wollten alles so richtig genießen. Wir würden nun also die Partner tauschen und jeder von uns würde dann mit einer Person Sex haben, die ihm beziehungsweise ihr bis dahin völlig fremd war. Wow, war ich aufgeregt!

Ab aufs Hotelzimmer

Dies ist Kapitel 8 der Geschichte
„Partnertausch auf Mallorca (2)".

Genau so trug es sich dann auch zu. Ich verschwand mit Wolfgang aufs Zimmer und Michael mit Margarethe. Was mein Freund und die rothaarige Frau gemeinsam erlebten, dazu später mehr. Jetzt geht's erst einmal darum, was ich mit Wolfgang erlebte:

Wir waren kaum auf seinem Zimmer angekommen und hatten die Tür hinter uns verschlossen, da zog sich Wolfgang auch schon aus und präsentierte sich mir in seiner ganzen Nacktheit. Und was soll ich sagen: Obwohl er deutlich älter war als ich, gefiel mir sein Körper außerordentlich gut. Wolfgang war gut gebaut, man sah ihm an, dass er nicht zu viel aß und wahrscheinlich ausreichend Sport trieb. Da war kein Bierbauch, da waren aber auch keine streichholzdünnen Arme. Wolfgang verfügte zwar nicht über Mega-Muckis wie jemand, der täglich drei Stunden ins Fitness-Studio ging und dort Kraftübungen machte. Auch war sein Bauch kein strammes Sixpack. Aber beides musste ich auch nicht unbedingt haben. Wolfgang war weder Muskelprotz noch Schlaffi, stattdessen war er jemand, der einfach gut auf sich und seinen Körper achtete, ein gesundes Maß an Sport zu treiben schien und der von Fast Food wahrscheinlich nichts hielt, sondern lieber gut und teuer essen ging. Er gefiel mir genau so, wie er war.

Was mir natürlich sofort ins Auge fiel, war Wolfgangs bestes Stück. Ich meine, wie sollte mir das auch entgehen, wo er sich doch sofort komplett nackt gemacht hatte. Ich war sehr angetan von dem, was dort herabbaumelte: ein Schwanz von anständiger Länge und dahinter ein Sack, der ebenfalls nicht gerade klein war. Wow, dachte ich, das zeigt beides ganz schön was her!

Ich stellte mir vor, wie er mir seinen Penis gleich, nachdem dieser steif und groß geworden war, in meine Pussy schieben und mich von innen stoßen würde – huu, wie mich der Gedanke daran feucht im Schritt werden ließ!

„Was ist, möchtest du dich nicht auch ausziehen?", fragte Wolfgang mich, während er eine Flasche Champagner öffnete und uns beiden jeweils ein Glas einschenkte.

Ich folgte seinem Wunsch und zog mich aus. Als ich splitternackt vor Wolfgang stand, reichte dieser mir ein Glas und wir stießen gemeinsam miteinander an.

Dann legte Wolfgang los. Mit der linken Hand griff er mir zwischen die Beine und begann, mit den Fingern meine Schamlippen zu streicheln sowie meine Klitoris zu verwöhnen. Ich stöhnte und wurde noch feuchter, als ich ohnehin schon war.

„Das magst du, oder?", fragte Wolfgang.

„Und ob ich das mag!", stöhnte ich und umfasste mit beiden Händen seinen Schwanz. Sogleich spürte ich, wie sich sein bestes Stück mit Blut füllte und zu wachsen begann. Es dauerte nicht lange und Wolfgangs Penis stand komplett waagerecht.

Wolfgang tastete sich mit dem Zeigefinger in meine Möse vor. Zärtlich schob er seinen Finger in ihr vor und zurück. Es fühlte sich wahnsinnig gut an.

„Du bist schön feucht", flüsterte er mir ins Ohr, dann bewegte er sich einen Schritt auf mich zu, führte seine Arme um mich herum, packte mich am Po und hob mich etwas hoch. Er drückte mich mit dem Rücken gegen die hinter mir befindliche Wand. Dann führte er sein Glied in meine Pussy ein und begann, mich zu ficken. Wunderschön zu ficken.

Ich stöhnte heftig und säuselte ihm ins Ohr: „Knete meinen Po, Wolfgang, das mag ich besonders gern!"

Wolfgang erfüllte mir meinen Wunsch. Seine kräftigen Hände massierten und kneteten mir die Po-Backen und gleichzeitig bewegte Wolfgang seinen Schwanz vorn in meiner Muschi lustvoll vor und zurück.

Ich spürte, wie sein Glied immer härter wurde und seine Eichel weiter anschwoll. Tief in meiner Möse drin schob er seinen Penis langsam, aber kraftvoll vor und zurück. Ich freute mich schon jetzt darauf, wie er mir später seinen Samen tief reinspritzen würde. Ich mochte es schon immer, wenn Männer sich tief drin in mir ergossen. Michael tat es sehr oft und ich war gespannt, ob es sich bei Wolfgang genauso gut anfühlen würde.

Oder würde er mir seinen Samen woanders hinspritzen? Vielleicht würde er seinen Schwanz gleich wieder aus mir rausziehen, mich zum Bett führen, ich würde mich hinlegen und er würde mir sein Sperma zwischen die Brüste spritzen? Möglicherweise hatte er auch Lust auf einen Blowjob und er würde, während ich seinen Freund im Mund haben und an ihm saugen würde, mir seine Milch in den Mund spritzen? Ich wusste nicht, was er vorhatte. Aber das machte nichts. Ich genoss es in diesem Moment einfach, dass er mich angehoben hatte, gegen die Wand drückte, mir die Po-Backen knetete und mich fickte. Ich wollte selbst keine Befehle geben in diesem Moment, stattdessen wollte ich mich diesem gutaussehenden Mann mit Goldkettchen komplett hingeben und mich von ihm verwöhnen lassen.

Ich weiß nicht mehr, wie lange mich Wolfgang auf diese Weise fickte, aber ich weiß, dass es lange, sehr lange war. Dann jedoch zog er seinen noch immer steifen Schwanz aus mir raus. Er war noch nicht gekommen, ich ebenfalls nicht. Er bat mich, hinüberzugehen zum Tisch und mich rücklings draufzulegen. Ich gebe zu, dass ich damit nicht gerechnet hatte. Mit dem Bett, ja, damit hätte ich gerechnet, aber nicht mit dem Tisch.

Umso mehr erregte es mich, rücklings darauf Platz zu nehmen.

„Spreiz deine Beine!", forderte Wolfgang mich auf und ich tat, was er von mir verlangte. Wollte er mich hier weiterficken?

Nein, das wollte er nicht. Zumindest nicht sofort. Stattdessen ging er vor mir in die Hocke und führte seinen Kopf an meine Pussy heran. Dort angekommen, begann er, mit seiner Zunge an meinen Schamlippen zu lecken, mit ihr meine Klitoris zu verwöhnen und zwischendurch führte er seine Zunge sogar mehrere Male tief in meine Muschi hinein.

Ich glühte vor Erregung und hätte schon jetzt kommen können, zögerte es jedoch heraus.

Dann bewegte Wolfgang seinen Kopf wenige Zentimeter weiter nach unten. Mit seiner Zunge kam er jetzt nicht mehr an meine Perle und auch nicht mehr an meine Spalte ran, stattdessen berührten nun die Haare seines Schnurrbarts meine glattrasierte Scheide und Wolfgang schupperte sich mit ihnen an ihr.

Wow, fühlte sich das toll an! Da Michael keinen Schnurrbart trägt, konnte er mir ein solches Erlebnis nicht bescheren. Wolfgang dagegen konnte es und indem ich laut, ja sehr laut stöhnte, ließ ich ihn wissen, dass es mir ganz wunderbar gefiel.

Er wollte, dass ich es genieße, weshalb er sein Schuppern noch eine ganze Weile fortsetzte. Mit seiner Zunge verwöhnte er währenddessen meinen Damm und damit den Bereich zwischen meiner Muschi und meinem Po – eine sehr erogene Zone, an der ich äußerst empfindlich bin.

„Fick mich noch einmal!", rief ich schließlich, denn ich wollte kommen und vor allem wollte ich, dass auch Wolfgang kommt, und zwar tief in mir drin. Ich wollte seinen Samen in mir spüren. Ganz tief in mir.

Wolfgang ging aus der Hocke vor mir auf die Knie. Sein Schwanz befand sich damit exakt in Höhe meiner Muschi. Ich war klitschnass dort unten, mir lief der Saft aus der Spalte, die Tischplatte war bereits ganz klebrig.

Dann war es soweit: Wolfgang schob seinen Schwanz ein zweites Mal an diesem Abend in mich rein. Dann fickte er mich ähnlich kräftig wie beim ersten Mal, dieses Mal allerdings machte er es mit deutlich mehr Tempo.

Ich kam schließlich so heftig, dass ich laut aufschrie. Das wiederum ließ auch Wolfgang kommen. Sein Sperma schoss ihm den Schaft hinauf, es spritzte ihm mit Schwung aus der Eichel und er ergoss sich tief, ja ganz, ganz tief in mir drin.

Es war wunderbar! Einfach nur wunderbar! Ich schrie laut „Jaaaa!!!!" und genoss es, wie sich Wolfgangs Samen in mir verteilte.

Auch Wolfgang rief laut „Jaaaa!!!!", er genoss seinen Höhepunkt ebenso wie ich meinen.

Es war ein fantastischer Orgasmus, den wir beide an diesem Abend erlebten – was waren wir doch froh, dass wir uns für diesen Partnertausch entschieden hatten!

Auch im anderen Zimmer geht's hoch her

Dies ist Kapitel 9 der Geschichte
„Partnertausch auf Mallorca (2)".

Ebenso froh wie wir waren mein Freund Michael und Wolfgangs Frau Margarethe, wie Michael mir nach seinem Sex mit der reifen Rothaarigen erzählte:

Michael und Margarethe waren auf unser Zimmer gegangen und Michael hatte die rothaarige Schönheit gebeten, es sich auf dem Doppelbett bequem zu machen. Er war zu ihr ins Bett gestiegen, sie lag komplett nackt und rücklings da. Michael zog ihre Beine auseinander, begab sich (auch er war inzwischen nackt ausgezogen) dazwischen, dann hob er Margarethes Beine in die Höhe und legte sie auf seinen Schultern ab.

Er war so erregt, dass sein Schwanz schon in dem Moment, in dem sie sich gegenseitig die Klamotten vom Leib gerissen hatten, groß und hart geworden war. Nun bewegte er sein bestes Stück direkt auf Margarethes Lustbereich zu, in dem es bereits wunderbar feucht war. Er schob sein Glied in Margarethes Möse hinein und startete einen temporeichen und harten Fick.

Michael liebte das, er hat es mit mir auch schon

unzählige Male so gemacht. Schnelle, harte Stöße, die sich für ihn und mich mega erregend anfühlen. Beziehungsweise die sich nun für ihn und Margarethe mega erregend anfühlten.

Margarethe rief: „Oh Michael, du hast ja ein Tempo drauf! Klasse, klasse, mach unbedingt weiter damit! Mein Mann Wolfgang stößt zwar auch kräftig zu, aber er macht es oft auf die langsamere Art."

„Ich liebe es mit viel Tempo!", rief Michael und gab sogleich noch mehr Gas.

„Oh ja, so ist es gut!", stöhnte Margarethe laut.

„Und wie gut du aussiehst! Mein Wolfgang war auch mal so jung, aber das ist schon einige Jahre her. Na ja, ich bin ja auch schon deutlich älter als du. Gefällt es dir, eine reife Dame wie mich zu ficken?"

„Und ob mir das gefällt!", rief Michael und griff mit den Händen nach Margarethes riesigen Brüsten. Es waren Melonen, die die Mittdreißigerin vor sich hertrug.

Michael liebte große Brüste, er liebte meine Pampelmusen und genoss es, jetzt Margarethes nochmals größere Melonen kneten zu können. Er spürte, wie ihn das immer schärfer und schärfer machte – sein Schwanz wuchs noch weiter an, seine Eichel wurde noch größer.

„Stoß mich noch schneller!", stöhnte Margarethe.

Das ließ sich Michael nicht zweimal sagen. Er fand es

geil, sich schnell und heftig in Margarethes Lusthöhle zu bewegen und es erregte ihn zusätzlich, dass Margarethe ihm zu verstehen gab, wie sehr dies auch sie erregte.

„Was möchtest du lieber, Margarethe: dass ich dir mein Sperma gleich in die Möse jage oder dass ich es dir in den Mund spritze?"

„In den Mund!", rief Margarethe und sah Michael mit strahlenden Augen an. „Zieh ihn aus meiner Pussy raus, komm über mich und steck ihn mir in den Mund, damit ich dir einen Blowjob bescheren kann!"

„Sehr guter Vorschlag!", rief Michael und es dauerte keine zehn Sekunden, da steckte sein Penis nicht mehr in Margarethes Möse, sondern in ihrem Mund.

Michael merkte sofort: Margarethe war eine Meisterin im Blasen. Sie verwöhnte ihm seinen besten Freund mit den Lippen und ihrer Zunge derart, dass es bei Michael im gesamten Lendenbereich zu jucken begann.

Lange schon war er nicht mehr so erregt gewesen wie in diesem Moment, weshalb ihm klar war, dass er Margarethe seine Milch gleich ganz tief, ja ganz, ganz tief hinein in die Mundhöhle spritzen würde.

So war es schon immer bei Michael: War er erregt, dann spritzte er normal weit. War er aber extrem erregt, dann spritzte er so weit, wie es wohl kaum ein anderer Mann konnte. Sein Schwanz war dann wie ein geladenes Gewehr, das die Kugel mit derart viel Schwung nach vorn aus dem Lauf hinaus katapultierte, das diese hunderte Meter weit flog.

Michael genoss es ausgiebig, von der deutlich älteren, reifen Margarethe oral verwöhnt zu werden. Sie leckte, sog und lutschte, dass es ihn in Ekstase versetzte. Er begann, sich selbst nicht länger still und bewegungslos zu verhalten, sondern seinen Schwanz in ihrem Mund vor- und zurückzubewegen.

So waren sie nun also beide aktiv: Margarethe lutschte und leckte weiter heftigst an Michaels Schwanz und gleichzeitig fickte Michael der Rothaarigen mit seinem besten Stück die Mundhöhle. Aus dem Augenwinkel sah er, wie Margarethe sich währenddessen mit den Fingern die Klitoris verwöhnte.

Beide, Michael und Margarethe, stöhnten heftig und laut. Und dann, als es in Michaels Lenden noch heftiger zu jucken begann, als es ihn dort ohnehin schon juckte, kamen sie beide gleichzeitig: Michael ergoss sich tief hinein in Margarethes Mundhöhle und Margarethes Möse zuckte so heftig, dass das Bett wackelte.

Beide schrien laut auf, genossen ihren Orgasmus – und waren froh, dass sie sich für diesen Partnertausch entschieden hatten!

Heißes Erlebnis zu viert

Dies ist Kapitel 10 der Geschichte
„Partnertausch auf Mallorca (2)".

Als wir Vier uns am nächsten Tag im Restaurant zum Frühstück trafen, genossen wir nicht nur Brötchen, Rührei mit Speck, Müsli, Kaffee und Tee, sondern wir hatten auch Spaß dabei, uns über unsere Erlebnisse vom Vorabend zu unterhalten und auszutauschen. Michael und Margarethe erzählten Wolfgang und mir, wie viel Vergnügen sie im Bett miteinander hatten und Wolfgang und ich berichteten, wie toll es an der Wand und auf dem Tisch war.

Wir beschlossen, dass wir unser erotisches Partnertausch-Abenteuer bereits heute Nachmittag fortsetzen würden; bis zum Abend zu warten, das war einfach viel zu lang, keiner von uns Vieren würde es solange aushalten.

Zunächst aber machten wir uns auf in den nächstgelegenen Supermarkt. Weil die Sonne hier auf Mallorca äußerst stark vom Himmel herab knallte, wollte ich mir eine stärkere Sonnencreme kaufen. Die Creme, die ich von zuhause mitgenommen hatte, verfügte nur über einen geringen Lichtschutzfaktor und mir war klar geworden, dass der hier auf der Insel nicht ausreichen würde.

Auch die anderen Drei benötigten jeder etwas aus dem Supermarkt: Michael las regelmäßig Autozeitschriften und wollte sich die neuesten Exemplare kaufen. Hier auf Mallorca gab es alle möglichen deutschsprachigen Zeitschriften zu kaufen, auch jene, die Autos zum Thema hatten. Margarethe wiederum wollte sich Schokolade kaufen, auch wenn Gefahr bestand, dass ihr diese bei den heißen Temperaturen bereits auf dem Rückweg vom Supermarkt zum Hotel schmelzen könnte. Aber sie liebte Schokolade über alles, wie sie Michael und mir verriet, deshalb konnte sie auch im Urlaub nicht darauf verzichten. Ja, und Wolfgang, dem stand der Sinn schon wieder nach einer neuen Flasche Champagner, nachdem er und ich gestern Abend nach dem Sex den gesamten Rest der Flasche leergetrunken hatten. Er hoffte, im Supermarkt eine Flasche Champagner zu bekommen. Falls nicht, würde er entweder eine Flasche Sekt kaufen oder er würde sich vom Room-Service eine Flasche Champagner aufs Zimmer bringen lassen. Die würde dann zwar zum Hotelpreis abgerechnet und folglich ein halbes Vermögen kosten, aber das konnte ihm egal sein, denn sein Herrenmodengeschäft florierte bestens und warf viel Geld ab. Und auch Margarethes Erotik-Laden brachte dem Paar eine Menge Kohle ein, wie Margarethe uns beim Frühstück verraten hatte. „Ihr glaubt ja gar nicht, wieviel Geld manche Menschen für Sexspielzeug ausgeben!", hatte sie lachend gesagt und noch ein paar Dinge aufgezählt, die die Leute bei ihr so kauften: Penispumpen beispielsweise oder Plastikmuschis, diverse sexy Kleidungsstücke aus Lack und Leder, Krankenschwester-Kostümchen oder auch mal eine lebensgroße Gummipuppe.

Im Supermarkt war es angenehm kühl. Die Klimaanlage schien auf Hochtouren zu laufen, wir empfanden die niedrigen Temperaturen in dem Markt als sehr angenehm.

Wolfgang hatte Glück und fand tatsächlich eine Flasche Champagner. Wahrscheinlich gab es genug Touristen, die über ausreichend Geld verfügten, um sich solch ein edles Getränk kaufen zu können, anderenfalls hätte der Supermarkt bestimmt nur billigen Sekt vorrätig gehalten.

Auch Margarethe und ich fanden, wonach wir suchten: Ich legte eine Sonnencreme mit besonders hohem Lichtschutzfaktor in den Einkaufskorb und Margarethe packte zwei Tafeln Halbbitter-Schokolade dazu.

Als Letztes gingen wir zum Zeitschriftenregal, wo Michael nach seinen geliebten Autozeitschriften Ausschau hielt. Sie waren entweder gut versteckt oder der Markt hatte keine, zumindest konnte Michael sie nicht auf Anhieb finden. Stattdessen entdeckten er,

Wolfgang, Margarethe und ich Fernsehzeitschriften, Rätselzeitschriften, Promizeitschriften und, uups, Sexzeitschriften. Von Letzterem lagen sogar diverse verschiedene Titel im Regal. Anscheinend lief diese Art von Zeitschriften auf Mallorca besonders gut. Bei uns in Deutschland hatte ich noch nie so viele verschiedene Sexzeitschriften im Supermarktregal gefunden. Ein solch großes Angebot hielten bei uns in Deutschland allenfalls Tankstellen, vor allem Autobahn-Tankstellen, vorrätig. Kein Wunder, stoppten dort doch viele einsame Lkw-Fahrer, die abends allein in ihrer Fahrerkabine saßen und sich mit Hilfe solcher Blättchen die Zeit vertrieben, während die Ehefrau hunderte oder tausende Kilometer weit weg zuhause vorm Fernseher saß und wahrscheinlich Liebesschnulzen im Fernsehen anschaute.

„Jetzt guckt euch die Überschriften auf diesem Blatt hier an!", rief Michael und griff nach einem der Sexheftchen. „Soll ich sie euch vorlesen? Ich mach's einfach: 'Hertha (69) liebt Sex mit jungen Handwerkern' steht hier. Und darunter: 'Linda (21): Meine Muschi kennt keinen Rasierer!' Und seht mal direkt daneben: Da ist ein Foto von Linda, guckt mal was die für einen Busch vor der Spalte hat!"

Wir mussten lachen.

Michael griff nach einem anderen Heft und las erneut die Überschriften vor: „Hier steht: 'Mit 89 in den Puff –

Opa Franz will's nochmal wissen!'. Und darunter: 'Marlene (30) entdeckt die lesbische Liebe: Statt Schwänze zu lutschen, leckt sie jetzt Muschis!'"

Wieder lachten wir Vier schallend, doch als Michael nach einer dritten Sexzeitschrift griff und uns deren Titelzeile vorlas, wurden wir mit einem Mal alle ganz still: „Die Überschrift von dieser Zeitschrift hier lautet 'Vom Partnertausch zum Sex zu viert – heute treiben wir es alle gemeinsam!'."

„Du meinst, die haben erst die Partner getauscht und sind anschließend alle Vier zusammen ins Bett gestiegen?", fragte ich Michael, nachdem wir alle ein paar Sekunden lang geschwiegen hatten.

„Ja, so steht das hier", antwortete Michael und schlug die Seite auf, auf der die entsprechende Geschichte zu lesen war. „Seht hier, die Bilder: Ein jüngeres und ein älteres Ehepaar treiben es zu viert. Die junge Frau sitzt auf dem alten Mann und reitet seinen Schwanz und die ältere Frau lässt sich von dem jungen Mann die Möse lecken. Die junge Frau wiederum, die gerade den alten Mann reitet, hat einen Arm ausgestreckt und wichst damit ihrem eigenen jungen Mann den Schwanz. Mann, das geht ja ganz schön hoch her bei den Vieren!"

„Wir könnten so etwas auch machen!", sagte mit einem Mal Margarethe und brach damit das Schweigen vollends, das sich kurz zwischen uns ausgebreitet hatte.

Wir hatten geschwiegen, weil wir natürlich alle Vier

sofort an genau das gedacht hatten: dass auch wir es gemeinsam, quasi im Quartett, treiben könnten. Aber irgendwie traute sich wohl zunächst niemand von uns, es offen auszusprechen. Wie gut, dass Margarethe das jetzt geändert hatte, dachte ich, denn ich spürte, wie mich der Gedanke an einen heißen Vierer erregte. Auch Michael und Wolfgang bekamen leuchtende Augen.

„Dann lasst es uns tun!", rief mein Freund Michael. Er steckte die Sexheftchen zurück ins Regal, ließ seinen Blick noch einmal umherstreifen und fand nun endlich auch die von ihm gesuchten Autozeitschriften. Ganz unten links hatten sie sich versteckt. „Komisch, bei uns in Deutschland liegen die immer viel weiter oben in den Regalen", sagte Michael, griff nach den Autoheften und packte sie in den Einkaufskorb.

Wir eilten zur Kasse und waren froh, dass wir nicht lang anstehen mussten, sondern sofort an die Reihe kamen und bezahlen konnten. Wir hatten es mit einem Mal ganz, ganz eilig. Niemand von uns Vieren wollte bis zum Nachmittag warten, sondern wir wollten es gleich jetzt, mitten am Vormittag, zu viert miteinander ausprobieren.

Wir liefen zurück ins Hotel, ich fragte „Euer Zimmer oder unser Zimmer?", Margarethe rief „Unser Zimmer!", Wolfgang schloss die Tür auf, wir stürmten hinein, warfen unsere Einkäufe auf den Fußboden, dann riss sich ein Jeder von uns seine Klamotten vom Leib.

Ja, wir waren alle Vier so heiß auf das, worauf die Sexzeitschrift die Lust in uns geweckt hatte, dass niemand auch nur im Entferntesten daran dachte, dass wir uns ja in aller Ruhe gegenseitig hätten ausziehen können. Dazu waren wir viel zu aufgeregt und vor allem bereits viel zu erregt. Alles in diesem Moment musste schnell gehen, wir wollten sofort loslegen. Wir wollten einfach nur rammeln, wollten es zu viert miteinander treiben, es war uns völlig egal, ob auf dem Bett oder dem Sofa, dem Fußboden oder dem Tisch, es war uns auch egal, wer zuerst bei wem was machte, wir wollten einfach nur, dass es sofort losging und wir unseren Trieben freien Lauf lassen konnten.

So standen wir nun also alle splitternackt da und Wolfgang war der erste, der wusste, was er wollte: Er stieß mich rücklings aufs Bett, rief „Los, Carina, mach die Beine breit!", ich tat, was er von mir verlangte und sofort fing er an, mir mit flinker Zunge die Muschi zu lecken. Ich wurde sofort feucht in meiner Spalte, so sehr erregte mich die Eile, mit der er vorging. Wolfgang merkte das, er leckte mir den Saft aus meiner Pussy und kam dabei so richtig in Fahrt. Sein bestes Stück schwoll innerhalb weniger Sekunden aufs Maximum an, seine Eichel wurde dick und glühend rot.

Mein Freund Michael schob Margarethe zum Bett hin, wünschte sich von ihr aber etwas anderes, als Wolfgang es sich von mir gewünscht hatte: „Los, Margarethe, geh auf die Knie und präsentiere mir deinen Po! Ich will dir deinen Hintern ficken, dass du vor Ekstase laute Schreie ausstößt. Du stehst hoffentlich auf Analsex, oder etwa nicht?"

„Und ob ich darauf stehe! Es fühlt sich so herrlich intensiv an, einen Schwanz in den Po geschoben zu bekommen. Weil hinten alles viel enger ist als vorne."

„Dann ist ja gut!", rief Michael, spuckte sich mehrmals in die Hände und ölte Margarethe mit seinem Speichel das Hintertürchen kräftig ein. Er befeuchtete sie so stark, dass es gleich ein Leichtes sein würde, ihr seinen Kolben durch die Rosette zu schieben. Ich wusste aus eigener Erfahrung, dass das mit dem Speichel in der Po-Ritze stets wunderbar klappte: Michael hatte es schon so oft bei mir gemacht und es hatte sich so toll angefühlt, von ihm durch die Hintertür gefickt zu werden, dass ich ganz neidisch wurde, dass er es jetzt nicht bei mir, sondern bei Margarethe machen würde.

Ich sah Wolfgang an und bat ihn: „Kannst du aufhören, mir die Pussy zu lecken, und mich ebenfalls anal rannehmen? Ich steh' total darauf, in den Po gestoßen zu werden, und jetzt, wo mein Freund Michael es deiner Frau hinten rein besorgt, möchte ich, dass du es mir genauso machst!"

„Das krieg ich wohl hin!", grinste Wolfgang. Er beendete sein Leckspiel und ich drehte mich um und ging auf die Knie. Auch Wolfgang spuckte sich mehrmals in die Hände und er ölte mich hinten genauso ein, wie Michael es eben bei Margarethe getan hatte.

Margarethe und ich knieten nebeneinander auf dem Bett und präsentierten den Männern unsere prallen Hintern. Die beiden Kerle legten gleichzeitig los: Michael stieß der reifen Margarethe seinen jungen Schwanz durchs Po-Loch und ich spürte, wie Wolfgang mir sein etwa zehn Jahre älteres Rohr durch mein Po-Loch stieß.

Wow, fühlte sich das gut an! Und wie Wolfgang sofort begann, mich dort hinten zu ficken! Er bewegte sein steifes Glied in meinem Po vor und zurück und ich spürte intensiv, wie sein Schaft dabei meine Rosette rieb.

Ein großer Teil seines Schwanzes befand sich in meiner Ritze, ein kleinerer Teil und seine Eichel vergnügten sich auf der anderen Seite meines Po-Lochs, da sie hindurchgeglitten waren und mich nun im tiefsten Inneren meines Körpers verwöhnten.

Ich stöhnte laut und atmete kräftig ein und aus. Es war ein Hochgenuss, ein absoluter Hochgenuss!

Ganz ähnlich ging es Margarethe, wie wir ihrem ebenfalls lauten Stöhnen entnehmen konnten. Auch Michael steckte mit seinem steifen Glied ganz, ganz tief in ihrem Hintern drin und er fand es total erregend, es auf diese Weise einer deutlich älteren Frau besorgen zu können. Zumal diese total darauf abfuhr und bereits jetzt Lustschreie von sich gab.

Um die Lust noch weiter zu steigern, streckte ich meinen Arm unter Margarethes Körper aus und fing an, ihr meinen Mittelfinger in ihre klitschnasse, blitzblank rasierte Spalte zu schieben. Ich fingerte ihre Möse und es gefiel Margarethe so sehr, dass sie beschloss, mir das gleiche wunderschöne Gefühl zuteil werden zu lassen, weshalb auch sie ihren Arm ausstreckte und mir ihrerseits den Mittelfinger in meine Pussy schob.

Es war ein wildes, lautes Stöhnen, das nicht nur wir zwei Frauen von uns gaben. Nein, auch die Männer waren so sehr in Fahrt, dass sie laut stöhnten. Beide, Wolfgang ebenso wie Michael, verstärkten ihre Stöße sogar noch weiter.

Wir zwei Frauen gingen total ab, weder Margarethe noch ich konnten uns auch nur eine einzige Sekunde länger beherrschen: Wir kamen heftig und erlebten jede von uns einen Orgasmus, wie er intensiver nicht sein konnte. Und das, obwohl die Männer noch gar nicht gekommen waren, sprich: obwohl sie uns ihren Samen noch gar nicht hinten reingespritzt hatten.

Aber das sollte sich schnell ändern! Weil auch sie beide kommen wollten, verstärkten Wolfgang und Michael abermals ihre Stöße in unsere Hinterteile und sie erhöhten außerdem das Tempo. Sie verausgabten sich total in uns und wir Vier waren alle heftig am Stöhnen und Schreien, als zuerst Michael in Margarethe und wenige Sekunden später Wolfgang in mir kam!

Wow, spritzte er mir sein Sperma weit in den Darm rein!

Ich genoss es total zu spüren, wie er sich da gerade in mir ergoss!

Auch Margarethe spürte, wir ihr der Samen in ihr Innerstes schoss – Michaels Samen, das Sperma meines Freundes!

Da geht noch mehr!

Dies ist Kapitel 11 der Geschichte
„Partnertausch auf Mallorca (2)".

Wir Vier waren uns einig, dass dies hier gerade absolut geile Momente gewesen waren. Und wir waren uns einig, dass wir alle noch mehr wollten. Wir waren bereit für Runde zwei und kurz überlegte jeder von uns, wie er es gern vom anderen besorgt haben wollte.

Margarethe rief: „Ich will, dass du deinen Freund zwischen meine Brüste presst, Michael. Dann reibe ich sie solange an ihm, bis du kommst und mir deine Sahne zwischen die Titten spritzt!"

Michael antwortete: „Einverstanden. Aber nur, wenn ich dich anschließend zum Höhepunkt fingern darf!"

„Na klar darfst du das! Schieb mir so viele Finger in meine Möse, wie du magst!", rief Margarethe.

Woraufhin Wolfgang mich ansah und rief: „Ich möchte, dass du mir meine Eier leckst, Carina! Du sollst sie lecken und in deinen Mund hineinsaugen. Dann sollst du sie mit deiner Zunge massieren und während du das machst will ich kommen und dir meine Sahne ins Gesicht spritzen! Du stehst hoffentlich auf so was, du junge süße Schönheit! Oder etwa nicht?"

„Und ob ich darauf stehe! Du glaubst gar nicht, wie oft

mir Michael schon mein Gesicht vollgespritzt hat! Gern lasse ich mich zur Abwechslung heute mal von dir einsamen! Aber nur unter der Bedingung, dass ich dir danach einen Finger in den Po schieben darf. Ich werde dich da drinnen massieren, dass du vor Geilheit kommst, ohne dass jemand deinen Schwanz berührt. Wetten, dass mir das gelingt?"

„Na, da bin ich ja mal gespannt, ob du das hinkriegst!", strahlte Wolfgang. Der schnurrbärtige Modegeschäft-Besitzer war aufgeregt, denn das würde für ihn trotz seines Alters und seiner sexuellen Erfahrungen etwas Neues sein. Mit einem Finger im Po zum Orgasmus massiert zu werden, das hatte seine Frau Margarethe noch nie bei ihm versucht. Es erregte ihn total, sich vorzustellen, wie ich, die gut zehn Jahre jüngere Frau, ihm also gleich den Finger hinten rein schieben und wie ich versuchen würde, ihn in seinem Hintern derart zu erregen, dass ihm vorn aus dem Schwanz das Sperma spritzen würde.

Wir Vier warteten nicht lange ab, sondern legten sofort wieder los. Michael, dessen bestes Stück noch immer knallhart war, obwohl er gerade einen Orgasmus erlebt hatte, stieg auf Margarethe drauf und platzierte sein Glied zwischen ihren Brüsten. Margarethe presste diese mit ihren Händen fest dagegen, schob eine Brust nach oben und die andere nach unten, dann umgekehrt, immer wieder. Sie rieb mit ihren Brüsten so sehr an

Michaels Penis, dass dieser noch fester und noch härter wurde, als er eh schon war.

Während Michael und Margarethe sich auf diese Weise vergnügten, legte ich mich mit dem Rücken aufs Bett und forderte Wolfgang auf, über meinen Kopf zu klettern. Als er mit seinem Penis (auch bei ihm war noch alles groß und hart) über meinem Kopf angekommen war, öffnete ich meinen Mund, fuhr meine Zunge aus und begann, an Wolfgangs Eiern zu lecken. Das fühlte sich total klasse an, denn im Gegensatz zu meinem Freund Michael rasierte sich der deutlich ältere Wolfgang untenherum. Sein Hodensack war glatt und geschmeidig und es war ein extrem erregendes Gefühl, mit meiner Zunge daran entlangzufahren.

Schließlich öffnete ich meinen Mund noch ein Stück weiter und ließ Wolfgangs Sack hineingleiten. Dann presste ich meine Lippen zusammen und genoss das Gefühl, Wolfgangs Hoden im Mund zu haben und an ihnen saugen zu können. Ich sog seinen Hodensack und seine darin befindlichen Eier tief in meinen Mund hinein und hörte genüsslich zu, wie Wolfgang dabei laut aufstöhnte – es schien ihn total heiß zu machen.

Wir Frauen machten weiter mit unserem Verwöhnprogramm: Margarethe presste ihre Brüste noch fester gegen Michaels Schwanz und rieb sie daran und ich lutschte und leckte so intensiv wie möglich an Wolfgangs Eiern. Dabei sah ich direkt auf seinen

Schwanz, der auf meiner Nase lag, die Eichel presste Wolfgang fest auf meine Stirn.

Anstatt ihre Melonen weiter an Michaels Schwanz zu reiben, klatschte Margarethe ihre Brüste nun von rechts und links dagegen. Auch das schien Michael total geil zu finden. Er stöhnte so laut, dass es man es wahrscheinlich bis ins Nachbarzimmer hörte.

Ich biss unterdessen mit meinen Zähnen leicht in Wolfgangs Sack, woraufhin Wolfgang vor Erregung laut „Jaaa!!!" schrie. Wahrscheinlich hörte man auch das im Nebenzimmer.

Es dauerte nicht lange und die Männer gaben uns Frauen zu verstehen, dass sie nun kommen würden. Schließlich war es soweit: Michael ergoss sich zwischen Margarethes riesigen Brüsten und Wolfgang spritzte mir seine gesamte Ladung Sahne auf meine Stirn und massierte sie mir anschließend mit seinen Händen in meine blonden Haare ein.

Wow, war das geil!, dachte ich, dann forderte ich Wolfgang auf, vor mir auf die Knie zu gehen. Er tat sofort, was ich wollte, ich schob mir meinen rechten Zeigefinger kurz in meine Muschi und befeuchtete ihn, dann zog ich ihn wieder raus, spuckte zusätzlich auf ihn drauf und anschließend schob ich ihn Wolfgang in den Hintern, wobei ich mich sofort durch seine Rosette hindurchbohrte und nun in seinem Darm damit begann, genau jene Stelle zu massieren, die einen Mann so geil machte, dass er ohne Berührung seines Schwanzes zum Orgasmus kommen konnte.

Margarethe hatte sich unterdessen mit dem Rücken aufs Bett gelegt, die Beine weit gespreizt und Michael hatte angefangen, sie zu fingern. Er schob ihr erst einen, dann zwei und schließlich drei Finger in die Möse und verwöhnte die rothaarige Schönheit damit von innen so sehr, dass diese im Wechsel stöhnte, „Jaaa!!!" rief, wieder stöhnte, wieder „Jaaa!!!" rief und so weiter.

Es waren wirklich total heiße Fingerspiele, die hier gerade abliefen. Ich fingerte Wolfgang durch die Rosette und Michael fingerte Margarethe die Möse. Beide, Wolfgang ebenso wie dessen Frau Margarethe, waren total erregt. Und auch Michael und ich waren voll in Fahrt. Während ich mit meinem Finger Wolfgangs Lustpunkt, der sich jenseits seiner Rosette tief drin in seinem Innersten befand, massierte, spielte ich mit den Fingern meiner anderen Hand an meiner Muschi. Ich liebkoste meine Perle und zwischendurch schob ich mir immer mal wieder einen oder mehrere Finger in meine Spalte und rieb mich damit von innen.

Auch Michael spielte wild an sich herum: Während seine Finger in Margarethes Möse steckten und darin herumspielten, umfasste er mit seiner anderen Hand sein großes, steifes Glied und wichste es.

Wir Vier stöhnten alle gleichzeitig, wir stießen laute „Jaaa!!!"-Rufe aus und dann kamen wir innerhalb kürzester Zeit einer nach dem anderen: Als Erstes fing Margarethes Muschi heftig zu zucken an, dann spritzte Wolfgang seinen Samen aufs Laken, anschließend zuckte es bei mir im Schritt kräftig und ganz zum Schluss schoss auch Michael das Sperma aus der Eichel und wie Wolfgang spritzte auch er das Laken voll, wobei ein Teil seiner Milch an seiner Hand klebenblieb.

Jene Hand streckte mein Freund schließlich zu mir aus, damit ich sie ihm genüsslich ablecken konnte.

Ach, wie gern ich doch Michaels Sperma mochte!

Und wie sehr mir sowohl der Partnertausch als auch der heiße Vierer hier auf Mallorca gefallen hatten!

So wie mir ging es auch den anderen Dreien: Alle waren sich einig, dass es genau die richtige Entscheidung gewesen war, untereinander die Partner zu tauschen! Und dass es auch die richtige Entscheidung gewesen war, es zu viert miteinander zu treiben!

Zeit zu zweit

Dies ist Kapitel 12 der Geschichte
„Partnertausch auf Mallorca (2)".

Bei diesen Partnertausch- und Vierersex-Spielchen beließen wir es dann allerdings. Denn immerhin war es der erste gemeinsame Urlaub von Michael und mir. Das bedeutete: Wir wollten natürlich noch ganz viel Zeit zu zweit haben. Miteinander, nur Michael und ich. Nicht ich mit Wolfgang und nicht Michael mit Margarethe. Und nicht alle Vier zusammen.

Die folgenden Tage genossen mein Freund Michael und ich deshalb ausgiebig als Paar. Wir legten uns auf die Liegen am Swimming-Pool und am Strand, badeten im Pool und im Mittelmeer, mieteten uns ein Auto und erkundeten damit die Insel, wir machten lange Spaziergänge, erfreuten uns am leckeren Essen im Restaurant und selbstverständlich hatten wir beide ganz viel wunderbaren Sex miteinander!

Einmal beispielsweise schlichen wir uns heimlich nachts an den Strand. Wir zogen uns gegenseitig nackt aus, dann legten wir uns in den Sand, und zwar genau dorthin, bis wo das Wasser reichte. Es fühlte sich total toll an, wie gelegentlich das Wasser des Meeres unsere Körper umspülte. Wir fingen schnell zu fummeln an,

Michael spielte mit den Fingern an meiner Muschi und ich streichelte mit meiner Hand sein Glied. In uns beiden stieg Erregung auf. Ich spürte, wie ich untenherum wunderbar feucht wurde. Und das lag nicht am Wasser des Mittelmeeres, sondern es war mein eigener Saft, den ich da spürte. Gleichzeitig sah und fühlte ich, wie Michaels Schwanz sich aufrichtete und dabei groß und hart wurde.

Michael stieg über mich, ich spreizte meine Beine und dann fickte er mich dort draußen am Strand. Es war stockdunkel und niemand hielt sich um diese Zeit da draußen auf, außer wir beide. Wir fanden es total schön, Sex am Strand zu haben und dabei vom Wasser nassgespült zu werden, ich stöhnte und kam heftig, während weiter das kühle Nass des Meeres meinen Po und meinen Rücken umspülte.

Auch Michael erlebte dort draußen einen wunderschönen Orgasmus. Er ergoss sich tief drin in meiner Pussy, dann ließ er sich fallen, lag einfach auf mir drauf und wir küssten uns eine halbe Stunde lang, bis wir das Ganze noch einmal wiederholten und jeder von uns einen weiteren faszinierenden Höhepunkt erlebte!

Eines ist klar: Diesen ersten gemeinsamen Urlaub werden wir nie vergessen. Wir werden uns an die tollen Tage zu zweit miteinander zurückerinnern – aber auch an unser Partnertausch-Erlebnis und den heißen Vierer zusammen mit Wolfgang und Margarethe!

Palma de Mallorca – wir kommen garantiert bald wieder!

**Dir hat dieses
Buch gefallen?**

Dann halte Ausschau nach
weiteren Büchern und E-Books
von Lilly Redheart!

Und noch ein Tipp:

Falls du dich für lesbische
Sexgeschichten interessierst,
such' nach Büchern und E-Books
von Tanja Tabou –
denn Geschichten über
lesbischen Sex
sind deren Spezialität!